La torre vigía

PALABRA EN EL TIEMPO

249

Colección dirigida por

ANTONIO VILANOVA

ANA MARÍA MATUTE

LA TORRE VIGÍA

Editorial Lumen

Publicado por Editorial Lumen, S.A.,
Ramon Miquel i Planas, 10
08034 Barcelona.

Reservados los derechos de edición
en lengua castellana para todo el mundo.

Tercera edición: 1997

© Ana María Matute, 1971

Impreso en A & M Gràfic, S.L.
Santa Perpétua de Mogoda

Depósito legal: B. 23.212-1997
ISBN: 84-264-1249-1

Printed in Spain

LA TORRE VIGÍA

A Juan Pablo

I

EL ÁRBOL DE FUEGO

Nací en un recodo del Gran Río, durante las fiestas de la vendimia. Mi padre –pequeño feudal pobretón y de cortas luces– era casi anciano cuando vine al mundo, por lo que, en un principio, sospechó de la autenticidad de nuestro parentesco. Durante mis primeros años, fui víctima de su despecho, mas día llegó en que mis facciones, al definirse, le devolvieron la imagen de su propia infancia: si mis hermanos lucían ojos negros y piel cetrina, como mi madre, yo aparecía a sus ojos tan rubio como lo fuera él y de ojos tan azules como los suyos. Entonces olvidó el supuesto agravio y permitió que me bautizaran.

Apenas se remontaba a mi abuelo el día en que el Barón Mohl ennobleciera nuestro linaje. No lo hizo por razón sentimental o predilección alguna, sino a causa de la mucha urgencia que tal señor había por hacerse con nutrida y bien adiestrada mesnada, amén de gente capaz de conducirla. Cosas que, en puridad, precisaba como el aire para respirar.

Lo cierto es que vivíamos en la zozobra y amenaza; no tanto a causa de las feroces incursiones y tropelías que llevaban a cabo en nuestras tierras los pueblos ecuestres de más allá del río –cosas ya en verdad pasadas– como por la rapacidad de nuestros convecinos. Eran éstos, en su mayoría, señores de talante guerrero y turbulento, tan ambiciosos como el propio Mohl. El Gran Rey quedaba lejos, al igual que Roma, y en semejante soledad y distancia, casi todo barón llegó a soñar en su dominio con un pequeño reino –si es que de hecho no lo disfrutaba ya–. Sus mayores empeños centrábanse en un implacable afán por arrebatarse mutuamente tierras y vasallos; y sucedíanse los días en

11

cadena de ultrajes y agresiones que, con más abundancia que cordura, se prodigaban entre sí. Por todo ello, bien puede comprenderse que vivíamos muy alterados en nuestra escasa paz. Y hasta allí donde alcanza mi memoria, fui parte y testigo de un pueblo en perpetua alarma.

Comparado con el Barón Mohl, o con otro acaudalado señor, mi padre resultaba un hombre pobre y tosco. Pero si se acercaba esta medida a las chozas de los campesinos que le rendían tributo, mi padre era, en verdad, un hombre rico. E incluso fastuoso en sus costumbres.

Todas las noches se comía una oca de regular tamaño, aderezada con nabos y otras fruslerías. Solía repartir esta oca entre mis hermanos, de la siguiente manera: los muslos para los dos mayores, los alones para el más pequeño. Este reparto suscitaba vivas discusiones en los tres muchachos. Al parecer opinaban de muy distinta manera sobre la equidad requerida en estos casos y por tal motivo sus divergencias subían rápidamente de tono y llegaban a límites peligrosos. Mi padre gozaba mucho con estas disputas y querellas; y sólo cuando el acaloramiento de sus vástagos sacaba a relucir el filo de las dagas, ponía fin a tales litigios, arrojándolos de su mesa a bastonazos y puntapiés. Tan peregrinos regocijos constituían, ya, su única distracción: pues en los últimos años su vida se tornó monótona y falta de auténtico interés. Sus hijos eran aún demasiado jóvenes para enviarlos al castillo de Mohl, donde, según la tradición familiar, serían instruidos y ejercitados como futuros caballeros. Pero tampoco alcanzaban la edad requerida para, en tanto llegara ese día, confiarlos a algún señor vecino que se ocupara de su primer aprendizaje. De otra parte, la avanzada edad de mi padre y el entumecimiento progresivo de sus huesos, al tiempo que su obesidad, impedíanle tomar parte activa en las escaramuzas vecinales: sólo de lejos, vacilante sobre su montura y propagando voces sin tino, llegaba a presenciar algún que otro lance defensivo, mal despachado por su ignorante leva de labriegos armados. Tan deprimente espectáculo y la carencia de un hombre joven y experto en la familia, le instó a contratar –o al menos cobijar en su casa–

viejos ex-mercenarios de piel más remendada que el calzón de un siervo, tristes y destituidos guerreros que erraban por las orillas del Gran Río, a la espera de alguien que fiara en su experiencia (ya que no en su gallardía y eficacia). Estos míseros y dispersos residuos de antiguas glorias –o inconfesables deserciones, que de todo había– llegaron a invadir su casa y capitanear su apocada tropa, en tanto a él se le hacían insoportables los largos inviernos de inacción. Y como carecía del seso necesario para jugar una partida de damas sin perderla o dormirse, buscaba ora aquí, ora allá, algún motivo más o menos jocoso que animara su mostrenca existencia. Aporrear a mis hermanos era el más accesible, al parecer.

No obstante, otrora tuvo fama de valiente, y aun de temerario. A menudo oí añorar a mi madre un tiempo en que su esposo solía aventurarse más allá de las dunas, a la captura de los potros que, en las reyertas fronterizas, perdieran los jinetes esteparios. Ese era –al parecer– el secreto de que nuestra caballeriza luciera más nutrida y de mayor calidad que la de señores mucho más poderosos. En el transcurso de estos comentarios, oí a mi madre –y a sirvientas incluso– manifestar la inquietud que les producía descubrir en mí una fiereza semejante a aquella (ya tan atropellada) que distinguió al autor de mis días. Aún muy niño –tanto que apenas si podía corretear sobre las piedras–, y oyendo semejantes augurios relacionados con mi persona, fui a contemplarme en el arroyo, por ver si descubría en mi devuelta imagen los signos de tan violenta naturaleza. El agua solía reflejar entonces un rostro achatado de raposo-cría: su misma mirada reluciente, e idéntico estupor de sus ojos en mis ojos. Si el sol me daba en la nuca, un cerco de hirsutos mechones casi blancos se alborotaba en torno a mi cabeza, tal que otro sol desapacible y mal distribuido. Luego de estas contemplaciones, buscaba a mi padre, y lo veía trotar sobre el caballo, sin el menor vestigio de apostura, ni aun decencia. Entonces, la sospecha de llegar a ser algún día como él me estremecía.

En tiempos de mi bisabuelo, rodearon la primitiva granja familiar con una aguda empalizada de madera, a guisa de muralla defensiva; y adosado a la antigua vivienda erigieron un torreón, capaz de albergar al jefe de familia, a ésta y a sus pequeños dignatarios y semiguerreros. Cuando yo nací, todo permanecía igual que entonces: nadie había llevado a cabo mejora ni destrucción alguna (cosa que, dados los tiempos, ya era suficiente). Entre las muchas cualidades que antaño ornaran a mi padre, se contaba la de haber sido muy estimable cazador. Y así, el suelo de su estancia, en lugar de cubrirse del acostumbrado heno, aparecía revestido con pieles de todas clases: desde el corzo al lobo, pasando por el zorro y varias especies de alimañas; amén de otros bellos y cándidos moradores del bosque. Y al igual que el suelo, excusa decir el lecho y las paredes. El resto del torreón y sus estancias eran más bien lóbregas, destartaladas y llenas de mugre.

En el recinto, además de la granja propiamente dicha, había una herrería, cuyo maestro forjó las armas de mi padre y las de sus hijos; un molino, un cobertizo y taller para curtir pieles, un establo, la caballeriza y algunas chozas para la gente que cuidaba de estas cosas. Entre los habitantes de nuestra casa, el más sobresaliente era, sin duda alguna, uno que dio en llamar mi padre –y como tal cumplió funciones respecto a sus hijos, mientras allí moramos– su maestro de armas. Surgió un buen día del tropel errabundo que nos rondaba: ex-guerrero, derrotado en imposible lucha contra la vejez, lenguaraz, astuto, embustero (y acaso verdadero superviviente de una desaparecida gloria), fue la figura de mayor relieve en mi primera infancia. Tenía la cara hendida en dos porciones por una inmensa cicatriz, lo que le daba un curioso aspecto, ya que su perfil derecho semejaba el de una persona y el izquierdo el de otra. Por tal causa –según contaba– en cierta ocasión tomáronlo por brujo; y disponíanse a quemarlo vivo, cuando en el último instante bajó del cielo el arcángel San Gabriel y lo salvó de las llamas ante el pasmo y veneración naturales en quienes contemplaron tales maravillas. Alguna vez, presa de extraño arrebato, montaba uno de los caballos esteparios de mi padre; y galopaba exasperado, lanza en ristre, hacia las dunas. Parecían entonces formar ambos un solo

14

cuerpo: el potro medio loco, que perdiera su jinete y su batalla, y el decrépito ex-guerrero al que sólo quedaba la furia de vivir. Aquella galopada fantasmal y frenética persiste y persistirá por siempre en mi memoria.

También poseía mi padre un rebaño de cabras muy numeroso, y percibía tributos sobre la leña que los campesinos cortaban en los bosques, al noroeste de las praderas. Por idea suya, se instaló en el recinto una quesería; y ofreció albergue y manutención a un zapatero, con fines de calzar de por vida su destrozona hueste. Pero el zapatero murió –según oí, de un hartazgo de remendar punteras– antes de que yo cumpliera ocho años. Y, desde entonces, nadie se ocupó de estas minucias. Aparte de las botas de piel de cabra, de los ásperos tejidos que hilaban mi madre y las mujeres que la asistían, de los peroles y enseres que fabricaban los siervos, cualquier género o prenda –tanto de vestir como para aderezar la casa– resultaba tan raro como exorbitante.

A ello contribuía en gran manera la escasa simpatía que experimentaba mi padre hacia los mercaderes y sus caravanas. En verdad que éstos evitaban cruzar por nuestras tierras: pues cundía la sospecha de que mi padre protegía grupos de salteadores para desvalijarlos –y como es presumible, repartir con ellos el botín–. O bien, ordenaba a sus gentes que volcaran sus carros, ya que todo aquello que se derramara en sus propiedades pasaba a ser de su pertenencia. Y, según llegué a entender, muy convencidas estaban las gentes de que los famosos salteadores de caravanas no eran otros que la propia y singular tropa de ex-héroes descalabrados que cobijaba mi padre. Como puede comprenderse, muy raramente tuvimos ocasión de comprar alguna cosa a esta o cualquier otra gente que se aventurara con su mercancía por nuestra tierra. De día en día, las ropas se ajaban y agujereaban, los enseres y aperos se deterioraban, cuarteaban y desaparecían: y ninguna de estas cosas era reparada, ni sustituida. Por lo que nuestras vidas transcurrían en la más extrema parquedad y abandono.

Estas severidades y sufrimientos acaso justifiquen el gesto avinagrado de mi madre, la sequedad de sus labios en continuo frunce, y la viperina fluidez de su lengua. Además, y por lo común, mi padre vivía en alborozada –y al fin de sus días aletargada– promiscuidad con algunas jóvenes villanas, que tomaba para sus recreos. De manera que obligaba a mi madre –muy puntillosa en estas cosas– a abandonar de continuo, tanto su mesa, como su lecho. Y con tal de no soportar tales compañías, acabó componiendo como mejor supo una pequeña estancia y se recluyó en ella, con sus ruecas y las mujeres que solían acompañarla.

Pero todas estas cosas yacen muy mezcladas en la memoria de mi primera edad. Y no podría aseverar que ocurrieron tal como las cuento, sino, más bien, como me las contaron.

Tan grande era la distancia, en años y en naturaleza, que me apartó siempre de mi familia, y gentes todas.

Era yo muy pequeño cuando mis hermanos partieron al castillo de Mohl y apenas los recuerdo como tres oscuros jinetes, que solían galopar junto al Gran Río. Si tropezaban conmigo, me propinaban puntapiés, insultos y escupitajos, con lo que tuve pronto idea aproximada de sus sentimientos. Luego supe que se adiestraban para nobles guerreros y, si así lo merecían, llegar, en su día, a ser investidos caballeros por el propio Barón Mohl. «A su debida hora –solía decirme mi madre–, tal destino y suerte se repetirá en tu persona.»

Hablé de casi todo cuanto componía nuestra casa y hacienda: pero no dije que lo más valioso de ella consistía, sin duda alguna, en los viñedos. Daban éstos un vino entre rosa y dorado, fino y muy aromático. El actual Barón Mohl sentía por él la misma debilidad que sus antecesores y por Navidad mi padre se veía obligado a entregarle el tercio de su cosecha. Era éste un derecho al que ningún Mohl renunció, que yo sepa. Junto al poderío, el carácter altivo y belicoso, las tierras, los hombres y el temor de sus semejantes, los Mohl heredaron puntualmente, uno tras otro, idéntico deleite por el zumo de nuestras viñas. Vendimia tras vendimia, oí los mismos o parecidos denuestos y maldiciones en labios de mi padre, íntegramente dedicados a tal obligación y a su destinatario. Pero jamás tuvo arrestos (ni armas) con que enfrentarse a tan contumaz afición, y hubo de soportarla como mejor pudo, mientras tuvo vida.

Su malhumor y resentimiento resultan fáciles de comprender, porque mi padre gustaba tanto o más que toda la estirpe de Mohl en peso del vino claro y aromático. Y este vino, paladeado por el autor de mis días con una mezcla de frenesí y desesperación, constituía a su vez la parte más sustanciosa de su patrimonio.

Entre unas cosas y otras, las fiestas de la vendimia se distinguían por un clima de apretada violencia. Como fondo de marmita mantenida a fuego lento, bullían en su entraña largas historias de humillación y agravio, y sobre todas ellas, cierta ansia de reivindicar o de recuperar remotos esplendores (y aun violencias) de oscuro origen y significado.

Estas mal reprimidas violencias condimentábanse, año tras año, en el vientre de la ira. Y así como las sospechas de mi ilegitimidad hubieron de producirse en tales fechas, en iguales ocasiones solía estallar algún odio más o menos oculto, o disperso en la conciencia de señores y de villanos. En tales jornadas, este odio hallaba buena excusa a su explosión y era rápida y colectivamente aireado por cuantas gentes componían aquel pequeño mundo. El ave de la venganza rondaba con vuelo bajo y despacioso la fiesta de la vendimia. Y una vez satisfecha su sed –real o aparentemente– la niebla que ascendía del Gran Río, especie de turbio ensueño, cubría el lugar.

Al día siguiente, barrido ya el último vestigio de la fiesta –en verdad exultante y desprovista de toda moderación–, solía amanecer un cielo limpio, inmerso en la calma otoñal. Calma que lentamente languidecía hacia el invierno.

Pero no era una calma verdadera. En profundo y desconocido lugar ardían los sarmientos, manteníanse rojas las cenizas. Y había conciencia en nuestra tierra y gentes de algún culto, respeto, tradición no desaparecidos. Ritos y costumbres, sacrificios donde se vertía sangre, aunque ya no humana, subsistían en honor de nuestros viejos y desaparecidos dioses; aunque éstos fueran ya sólo sombras de una religión perdida o deformada. Todavía conservaban los campesinos, hincadas en la trasera de sus chozas o huertos, resecas y antiquísimas estacas, con signos misteriosos. Remotos espíritus y temores anidaban allí. Y los labriegos no vacilaban en compartirlos o amañarlos con los ritos y la fe que nos dio Roma. He de señalar que mi propio padre conservaba en su cámara –y mientras viví en su casa, siempre la vi allí– una escuálida y vieja cabra, de origen desconocido, a la que todas las noches y madrugadas, si no estaba borracho o dormido, dedicaba una especie de oración o salmodia en una lengua que ya ni él mismo comprendía. No obstante, aquello no ofrecía obstáculo alguno para que en la misma estancia venerase cierta reliquia de San Arlón, aunque modesta –las de los verdaderos Patrones de la Caballería estaban por encima de sus posibilidades–. Y encomendábase a este Santo Protector en todo momento y ocasión. No era hombre devoto, mi padre, pero había levantado una capilla en el recinto de la torre, mantenía un capellán, y a menudo hacía ofrendas al cercano convento de Monjes Silenciosos. Donativos que estaban muy por encima de su fortuna y que le valieron fama de generoso y desprendido con las gentes de Dios.

El día que cumplí seis años mi madre me arrancó del sueño con gran brusquedad. Aún no me había separado de su tutela –esto no ocurriría hasta el año siguiente– y sea en razón de la austera vida que se veía obligada a llevar, sea porque mi rostro y físico en general le recordaban en demasía a mi padre, lo cierto es que no solía mostrarse blanda ni festiva conmigo. Tras la comida de aquel día, me hallaba dormido sobre el heno dulcemente, cuando me sentí arrastrado sin contemplación alguna. Y aún medio dormido de tal guisa me arrebató fuera de la torre y aun del recinto empalizado.

Detúvose al fin en una alta explanada, desde donde se dominaban el lagar, las viñas, parte del Gran Río y, en suma, el panorama entero de la fiesta de la vendimia. Una vez allí, y zarandeado entre sus huesudas manos, no tardé en comprender que mi madre no me llevaba a presenciar fiesta ni regocijo alguno. Antes bien, deseaba convertirme en testigo de una ejemplar punición, para que ésta se grabase bien en mi memoria y no llegase a olvidarla jamás. «Eres terco», me decía, en tanto me vapuleaba y estiranojaba tras ella. «Eres salvaje, malcarado y feroz como tu padre: pero ten por seguro que he de inculcar en tu mollera, aunque sea a mamporros, el respeto a las buenas costumbres y el temor de Dios o moriré en el empeño.» Como yo bien sabía que ella no estaba dispuesta a morir, ni en el susodicho tesón, ni en ningún otro, acepté con resignado silencio los devenires y acaloramientos de su ímpetu educador. Sabía que en tales días solía permitirse a siervos y campesinos, así como a todo sirviente de la casa, los excesos y relajamientos propios del que se entrega sin rebozo a la bebida, y por tanto no atinaba a presumir qué clase de ejemplo o enseñanza me tocaría presenciar. En verdad no me llevaba mi madre a contemplar un castigo, sino a participar, por así decirlo, en una venganza colectiva, exultante y casi jubilosa.

Pasto de tales sentimientos eran, según vi de inmediato, dos mujeres, madre e hija, que habitaban en la linde de los bosques. No dependían de señor alguno, por lo que su existencia de villanas libres era mucho más dura que la del último siervo. Sólo poseían una cabra, de cuya leche y quesos se alimentaban, y solían dedicarse a cortar y vender leña, por cuyo beneficio debían pagar tributo a mi padre. En tiempo de revueltas y tropelías, o en el curso de ataques a las villas por las bandas de forajidos que infestaban nuestros bosques, no tenían quien las cobijase tras muralla de castillo o mansión. Sólo el Abad las acogía en los recintos del Monasterio. A pesar de tan calamitosa existencia, no movían a las gentes a compasión alguna, sino todo lo contrario. Y no había robo de gallina u otro animal cualquiera del que no se las culpara. Puede asegurarse que de tales acusaciones y juicios salían maltrechas y apaleadas y aún recuerdo cómo, en cierta ocasión, dos labriegos enfurecidos por la muerte de una cabra cortaron a la más vieja de las mujeres tres dedos de la mano derecha.

En aquella ocasión acusábanlas de brujería, mal de ojo y pactos inconfesables con el Señor de los Abismos, pues de un tiempo a aquella parte venían acumulándose en nuestro lugar muchas desgracias: una desconocida epidemia diezmó los rebaños de cabras, cierta lluvia seca y amarilla –Rocío de Satanás– cubría gran parte de los racimos y para colmo, en el intervalo de pocos días, se produjeron varias muertes de niños, totalmente inesperadas. Niños que aún no habían abandonado las cunas donde les sorprendiera semejante fulminación.

Los ánimos rebullían muy exasperados. Una oscura sangre de cuya existencia jamás dudé fluía soterradamente bajo los viñedos, amenazaba saltar y verterse sobre la tierra, en cualquier instante. Quién sabe bajo qué astutas persuasiones se logró arrancar a ambas mujeres la confesión y reconocimiento de culpa en tamaños desmanes: lo cierto es que así fue. Y acto seguido, una sensual ferocidad agitó el apretado bosque de las conciencias, y creí percibir un aleteo, innumerable y ronco, sobre la fiesta de las uvas. Cien, doscientos dedos, rugosos y oscuros como sarmientos señalaron a las dos mujeres. Y la sentencia no se hizo esperar.

Apenas me asomó mi madre –en rigor, casi me precipitó– al borde de la alta explanada, pareció abatirse sobre la quietud de la primera tarde un vendaval tan insólito que sólo podía percibirse cerrando los ojos. Pero una fuerza superior a mi voluntad me obligó a abrirlos. Y se me antojó que, únicamente así, retornaba a las viñas el silencio maduro y encendido como sol de otoño.

Las jornadas de fiestas tocaban a su fin. Como era costumbre aquellos días, el vino había corrido en abundancia, toda la tierra hasta el río parecía empapada en él, impregnada en su olor. Se alzó en la tarde una voz: gemía, tal como suelen hacerlo los perros en noches de luna; y reconocí en aquel lamento la voz del maestro herrero de mi padre. Este hombre se había casado con una niña vagabunda, y pese a que ella sólo contaba nueve años, le dio un hijo. Por lo que pude entender entre sus gemidos, aquel niño había sido víctima de súbitas convulsiones y pataletas, hasta el punto de ahorrarle la vida en este mundo. Según sollozaba el maestro herrero, habíalo perdido por culpa del maleficio de aquellas dos arpías y ahora demandaba sin resuello un favor o don.

Ya estaban apilados la estopa, la paja y los sarmientos bajo los pies de las dos brujas y el herrero suplicaba le fuese permitido acercar a la hoguera la primera llama, la que empezara y acabase con tanta superchería. De tanto en tanto interrumpía la súplica, una especie de bramido (aunque esto tal vez fuese su forma de sollozar) que estremecía el aire hasta el río mismo. Y acto seguido pronunciaba una y otra vez el nombre muerto de la criatura en cuestión. Muchas lágrimas caían y mojaban entretanto sus peludas mejillas. Y aquel nombre de niño, tan obsesivamente pronunciado, se vio avanzar muy claramente, nubes adelante, en dirección a las estepas.

Pronto obtuvo el privilegio que tan desgarradoramente impetraba. Y, de súbito, tuve conciencia de que yo conocía, o había conocido tiempo y tiempo atrás (más allá del firmamento o río sin orillas hacia donde caía, como ave alcanzada, un nombre de niño) aquella misma vendimia, y aquellas mismas voces. Incluso el fuego que aún no habían prendido; y aún más: innumerables vendimias pasadas o aún por suceder yacían en lo más hondo de mi mente, teñidas de un color y un aroma que languidecían o se exaltaban en llamas sobre la sangre o tal vez sobre algún claro y perfumado vino.

Cuando al fin obtuvo su permiso, un júbilo poco común sacudió los ojos del herrero. Pronunció entonces muy despacio (ignoro con qué motivo) los nombres de sus tres cabras más queridas, tomó la antorcha, prendió la estopa y la acercó a la leña. Luego, agitado por convulsiones y jerigonzas propias de un hombre repleto de vino o de dolor, inició una suerte de cabriolas y de gritos en torno a la pira seguido por otros muchos hombres, mujeres e incluso creo recordar que animales.

Contemplando estas cosas supe que en mí yacía el suplicio desde muy remotas memorias, que seguiría conociéndolo y reconociéndolo aún muy largamente, a través de muchos hombres y de muchos tiempos.

Un fuerte olor a tierra y uvas se mezcló al doblar de la campana que en la capilla de mi padre zarandeaba el fraile. Y no atiné a descifrar si la campana y el aroma y el sabor que notaba en mi lengua pedían piedad o venganza. Ascendió a todo mi ser un olor a sarmientos quemados, a cielo mojado por la lluvia, a vino. Se introdujo por todo mi cuerpo y mi ánimo. Y ése será para mí, por siempre y siempre, el olor y el sabor del día en que nací.

Tal como hicieron otras mujeres con sus hijos, mi madre me abofeteó abundantemente. Según le oí gritar, de este modo no olvidaría el castigo que merecen quienes se apartan del bien y caen en los abismos de la impiedad, la herejía, los hechizos o cualquier otra iniquidad por el estilo. Quise hablarle, entonces: decirle que mal podía olvidar lo que de muy antiguo, desde infinitas vendimias anteriores a la que rodeó mi nacimiento, tan bien conocía. Pero un niño de seis años mal puede expresar estas cosas. Por contra, me convertí en un par de ojos inmensos, tan intolerablemente abiertos que acaso hubieran podido abarcar el más lejano confín del mundo.

Todos mis sentidos se fundieron en uno solo: ver. Y vi tan claramente como si apenas la zancada de un galgo nos separara uno de otro el cuerpo de la mujer más vieja; tal que uno de aquellos odres desechados y vacíos, que se apilaban al fondo de las bodegas y servían a los muchachos para fabricarse caretas el Día de los Muertos. Un odre era, en verdad. Mordido por los perros hambrientos, perros sin amo que buscan por doquier una sustancia con que nutrir sus viejos huesos; un cuero astroso, vejado por las ratas, con grandes manchas de humedad verdinegra. Degollados pingajos, desechos inútiles, a menudo vi en mis correrías infantiles odres semejantes, destinados a espantar en forma de caretas el fantasma de la muerte o del olvido.

Aunque el aire se mostraba todavía cálido, pareció helarse sobre mi frente. Entonces vi el viento. Diferente a cuantos vientos conocía (y muchos soplan en nuestras planicies). No movía la hierba, ni las hojas, ni el cabello o ropas de la gente.

Como a los odres, también al cuerpo de la anciana le faltaba el rostro. En su lugar, un jirón de cuero parecido a las pieles de ardilla oreándose en el cobertizo se mostraba a la furia general. Y vi al odre rugoso en todos sus arañazos y miserias: dos ubres llegábanle hasta el vientre, y rozaban en sus colores de otoño, que iban del siena al malva, el muy plegado ombligo. Así, distinguí el mísero contraste que ofrecía la ancianidad de aquel ser con el insólito nido de vello rojo (tal que el mismo fuego que se aprestaba a devorarla) bajo su vientre; resaltaba allí de modo tan singular, que apenas si pudo extrañarme la avidez de las llamas que prestamente lo prendieron. Fue lo primero que ardió en ella.

El viento inmóvil que yo distinguí claramente, se desató. Un múltiple rugido brotó de las raíces de los árboles, y creí partiría en dos la tierra. Lo primero en abrirse fue el vientre, grande y seca fruta que ofreció la extraordinaria visión de sus entrañas, encrespadas en una blanquísima y grasienta luz: tan blanca como sólo luce el relámpago. Mas no uno, sino mil relámpagos se habían detenido allí. Y un olor denso y vagamente apetitoso invadió el aire que respirábamos y se introdujo tan arteramente en mi nariz, boca y ojos, que empecé a vomitar de tal guisa que creí volvíase mi cuerpo entero del revés, como una bolsa:

Mi madre me sacudió entonces por brazos y piernas, alzó mi cabeza entre sus fríos dedos, y rugió a su vez (pues toda voz, se volvía allí rugido):

–¡Recuerda siempre este castigo!

Me pregunté atónito qué cosa debía recordar, a quién o a qué. Y otro grito más áspero y sonoro se levantó por sobre el exaltado clamor de horror, o júbilo, o venganza que envolvía el humo sobre la carne quemada. Era mi propio grito, nacía de mí desde alguna inexplorada gruta de mi ser. Pero nadie sino yo pudo oírlo, ya que se enredó en mi lengua y lo sentí crujir como arena entre los dientes.

En aquel instante el viejo odre se estremeció de arriba abajo y pareció que iba a derretirse, como manteca. Tomó luego los colores del atardecer, negreó sobre sus bordes abiertos, fue tornándose violeta. Aquí y allá se alzaron resplandores de un verde fugaz y crepitante. Al fin, convertido enteramente en árbol, con llameantes ramas en torno a un calcinado tronco, se deformó.

Tan sólo quedó el fuego, recreándose en cárdenos despojos, allí donde otrora alentaba tan sospechoso espíritu. Y me pareció entonces que la noche se volvía blanca, y el día negro; cuando, en verdad, no había noche ni día sobre las viñas. Sólo la tarde, cada vez más distante.

De este modo, asistí por vez primera al color blanco y al color negro que habían de perseguirme toda la vida y que, entonces, creí partían en dos el mundo.

Durante tres días permanecí sin poder cerrar la boca. En tan molesto incidente creyó ver mi madre –y otras muchas gentes a quienes ella lo relató, con toda clase de pormenores– la confirmación del último maleficio de la bruja. Según opinión de algunos presentes, la anciana no apartó sus ojos de mi persona, mientras tuvo fuerza, aliento (o simplemente ojos) para ello. Pero yo no vi nunca esa mirada: como tampoco vi su rostro, ni a su hija, que ardía junto a ella.

Perdí la voz por algún tiempo. Luego, poco a poco –no sé con precisión de qué manera– la fui recuperando. En mi memoria quedó, en cambio, un firme convencimiento: la anciana –bruja o no bruja– no me había maldecido. Antes bien; de entre todos los hombres, mujeres, niños y bestias que presenciaron su tormento, me supe objeto de su especial elección.

Muchos días anduve mohíno y solitario, sin mezclarme a otros niños de mi edad, ni gente alguna. Incluso huía de mi madre. Luego, el invierno interrumpió mis solitarias correrías en torno a viñas y bodegas. Y el frío me encerró en el torreón, junto a mi madre y las demás mujeres.

A medida que el tiempo pasaba, fui olvidando –o al menos relegando en el arcón de la memoria– la certidumbre de que entre la anciana y yo existía un pacto y de que aquel viento inmóvil, que con mis propios ojos vi, me apartaba a distancias muy grandes de los seres con quienes convivía, y entre los que había nacido.

Tan sólo a veces me estremecía el espectáculo de una luz demasiado blanca, junto a una sombra demasiado oscura; pues entonces una especie de lucha, atroz y exasperada, se ofrecía a mis ojos. Creo recordar que en tales ocasiones, solía revolcarme por el suelo, entre alaridos. Pero mi madre –que siempre vio en estas cosas los restos del último mal de ojo de aquella desdichada– me volvía a la razón metiéndome de cabeza en una tinaja de agua (previamente bendecida por el buen capellán). O, simplemente, cubriéndome de bofetadas.

Algún tiempo aún discutieron mi madre y las mujeres sobre si debieron obligar a la anciana a presenciar el suplicio de la hija, antes de sufrir el propio, o a la inversa. Las solteras inclinábanse a lo último, y las casadas con hijos, a lo primero. Pues, según aseveraciones exhaladas por entre los fruncidos labios maternos, ninguna otra cosa en el mundo, por mala que sea, puede compararse al tormento de una madre que ve morir, o padecer, al fruto de sus entrañas. Oyéndola hablar así, mientras cardaba lana, hilaba o desgranaba legumbres, sentía mucha extrañeza de ser un fruto suyo. Y me imaginaba a mí mismo como uno de aquellos higos secos y arrugados que conservaba en melaza, con destino a endulzarnos las frías noches de invierno.

Y meditando estas cosas sentía un malestar muy grande.

Al fin, las pláticas femeninas se perdieron en otros temas más fútiles, o de más provecho, que las discusiones en torno a una tortura y una hoguera ya aventadas. Encaramado en un arcón, a través de las estrechas ranuras que se abrían en la cámara de mi padre, divisé una mancha, negra y grasienta, sobre la tierra. Sin razón alguna –desde aquel lugar no podía alcanzarla– se me antojaron las cenizas del odio y de la hoguera. Día tras día miré aquella mancha, hasta que el viento invernal la borró por entero. De forma que también aquel vestigio, real o imaginario, lo devoró el tiempo.

Pero no para mí. Porque jamás el olvido borraría de mi memoria el humano árbol de fuego, ni el grito colérico de la vendimia.

II

EL JINETE SOLITARIO

A partir del día en que el Barón Mohl elevó su condición, los hombres de mi familia se entregaron de lleno al servicio y arte de la guerra. Abandonaron toda preocupación e interés en manos de sus sirvientes, campesinos y siervos. Y a cambio, recibieron título, tierras en propiedad y derecho a su herencia.

Según tales usos, mi padre me encaramó al caballo apenas tuve edad suficiente para sostenerme en él con cierto aplomo. Y puede decirse que, desde ese punto y hora, aquel animal constituyó mi único maestro, amigo y bien en este mundo. Como la vida de mi padre –así como su ineptitud para lo que no fuese la satisfacción de sus apetitos– se prolongó de forma en verdad inusual, cuando yo nací ya había dilapidado la casi totalidad de su fortuna. Mis hermanos se llevaron los últimos, aunque modestos, esplendores de aquella casa. Y a mí, no me correspondió ni un mísero alón de su oca vespertina.

Egoísta y enajenado por los achaques y los años, varado en vicios del todo insulsos por mal gozados –tal como suele depararlos la senilidad–, el autor de mis días poco o nada se ocupó de mí; de mi valor y suerte dependían, tan sólo, mi futuro y aun vida presente. En cuanto a mi madre, apenas me apartaron de su tutela –como si considerara, en aquel punto y hora, vencida su penosa deuda materna y única razón que hasta el momento debió mantenerla en tan desabridas compañías–, pidió permiso a su marido para retirarse a la vida de oración y recogimiento. Mi padre consideró con excelente ánimo tal decisión. Incluso la bendijo y despidió con rara dulzura, recomendándole que orase por la salvación de su alma, la de sus hijos, y la de todos aquellos que, a su buen juicio, hubieran menester tan pías dedicaciones. Una vez prometido esto, mi madre tomó sus ruecas y en compañía de algunas buenas mujeres, unas cuantas ovejas y un saco de simientes, partió a una cercana ermita en ruinas, otrora incendiada y saqueada por las hordas ecuestres. Allí, dedicose a restaurar su nuevo habitáculo, vistieron todas sayal, cortaron sus cabellos y comenzaron a desbrozar y cultivar el abandonado huerto. Con el producto de éste, la lana, leche y compañía de las ovejas, subsistían, entre viento y balidos. Probablemente dedicadas, aparte esos afanes, a la penitencia y salvación tanto de las almas ajenas como de la propia. Pero también, sin duda alguna, a vivir a su antojo, cosa que dudo mucho tuvieran antes ocasión de practicar.

Una vez apartado de su tutela, cumplidos ya mis siete años, apenas vi a mi madre. Sólo algunas tardes, la divisé de lejos. Caminaba hacia las dunas, en unión de sus compañeras, seguramente me reconocía, porque solía hacerme señas, agitando el brazo en el aire.

Yo también sabía que era ella, por su mano, que no se parecía a la mano de ninguna otra mujer: con ella me había abofeteado.

Los campesinos cuidaban y aun regalaban a sus hijos niños; les vestían con telas de colores vivos, tejidos por sus madres. Pero esto ocurría hasta que llegaban a una edad en que la niñez es sólo un sueño. Entonces, despojábanles bruscamente de todo mimo, les arrojaban cara a la tierra y desde ese momento arrastraban una vida tan poco envidiable como la suya propia.

Contrariamente, apenas separados del halda materna, los jóvenes nobles debíamos efectuar bajos menesteres, afrontar duras pruebas y aun solventar crueles circunstancias. Una vez crecidos, se nos destinaba, en cambio, al más alto puesto de la comunidad humana. Así, tal y como oí repetidas veces –a mi madre, y a todos los que me rodeaban–, aleccionados en la escuelas de virtud y severidad de la infancia, podríamos afrontar, una vez en posesión de honores y privilegios, el rigor y equidad de juicio que exigía nuestra alcurnia.

Huelga decir que apenas asomé tras el muro de mi primera

edad, a humo de paja me sonaron estas cosas. Según me mostraba con gran evidencia cuanto me rodeaba, el noble varón, una vez asida con ambas manos –y lo más fuertemente posible– su codiciada situación en el mundo, más bien semejaba que las antiguas sobriedades no tuvieran otro objeto, llegado su fin, que desquitarse con gran regodeo de cuantos pesares reportaran tan adustas enseñanzas. Sólo bastaba contemplar a mi padre para reafirmarme en tal idea. No obstante, debo señalar (en descargo a la desconfianza que a tal respecto animó mis tiernos años) que, en nuestros desérticos parajes, no tuve mayormente ocasión de comprobar cómo puede llegar a comportarse un verdadero caballero.

Aún no tenía cumplidos ocho años, cuando hube de pasar, sin mayor transición, desde la alcoba de mi madre al puesto más bajo de la servidumbre. Y como el torreón de mi padre se desmoronaba a trechos, y la desidia y la incuria se paseaban a su antojo por las estancias, no tuve, desde aquel día, ni lecho fijo, ni aun alimento seguro que me nutriese convenientemente. Como era de tan voraz naturaleza como mi padre y mis hermanos, mucho sufrimiento hallé en estas cosas, a pesar de que mi madre jamás me distinguió con arrumacos de ninguna especie.

Solía armar mi yacija en la parte más oscura y fría de la torre, sobre las mazmorras, por ser éste el único lugar despreciado por los demás. En el invierno, oía correr el agua bajo las piedras, y el frío y la humedad me tenían en continua tiritona. Pero esto era lo mejor de que disponía, ya que cualquier otro lugar hallábase, por lo general, ocupado y defendido a mamporro limpio por los guerreros-vagabundos aduladores de mi padre. Y suerte tuve –o tal vez la fiereza de mi porte les contuvo– que no me echaran a patadas, también, de tan inhóspito cobijo. De forma que, más de una vez, hube de refugiar mi sueño bajo las escaleras de la torre: allí donde se amontonaban los mendigos y gentes de camino que llegaban a nuestra casa en busca de amparo nocturno. Mas todo lo que entonces perdí en holgura y bienestar, lo gané en experiencia, conocimiento y aun maravilla del comportamiento y proceder humanos. Pues lo que allí vi y oí, no fueron lecciones a desestimar.

Debo advertir, empero, que mi situación era tan precaria en gracia a la casi total imbecilidad en que por aquel entonces cayó mi padre. Hallábase tan oscurecido su entendimiento, que sólo en ocasiones importantes –como algunas fechas decisivas en mi vida– un rayo de luz se abría paso entre el sebo y turbulencias que, por lo común, sofocaban su mente. En estas ocasiones, llegó a dar órdenes oportunas sobre el rumbo que debía tomar mi vida. Y mucho se lo agradezco.

Puede decirse que desde el día en que inicié mi aprendizaje de hombre, tuve por almohada la silla de mi montura, y el polvo o el galope de mi caballo como únicos compañeros.

Aquel caballo significó mucho para mí, y le recordaré siempre con una emoción muy especial. Le llamé Krim, y el caso es que este nombre es el mismo con el que distingue mi memoria al maestro de armas que me diera mi padre (y del que antes hablé). Nombrándoles a ambos por igual, no acierto a descifrar cuál de ellos dio al otro su nombre: tan escasos eran los modelos en que se apoyaba mi imaginación.

Cierta noche, durante las libaciones que solían prolongarse mucho tras la cena, mi padre llegó en ellas a un punto en que, ora se exaltaban sus sentimientos patriarcales, ora una aguda nostalgia hacia tiempos mejores reblandecía su natural aún belicoso. En medio de estas fluctuaciones, dio un puñetazo sobre la mesa, que lanzó al aire huesos y vino. Y encabritose en el apasionado deseo de que alguno de sus truhanes capturase un caballo estepario para mí: pues, según manifestó (sin falta de razón), esto sería lo único que podría darme, verdaderamente digno de mi alcurnia, en este mundo.

Aquel arruinado vestigio de antañas fierezas que yo distingo como Krim-Guerrero, escuchó con especial interés tales deseos y lamentaciones. Ya entonces solía instruirme en los inicios del arte de atacar y defenderme. Aunque yermas sus antañas robusteces, creo que con sus ejemplos y argucias había conseguido de mi aprendizaje resultados harto estimables. Unido a un natural temor, inspirábame mi maestro de armas una fascinación desusada: tanto cuando me narraba descabelladas empresas y feroces combates, en los que, por descontado, la figura más heroica y descollante era la suya, como cuando le veía montar de un salto sobre su montura, y así, dando alaridos, desaparecer hacia las dunas en patética carga contra la arena. Del centro de su cráneo (por lo demás totalmente pelado) brotaba un mechón que él anudaba con tirilla de cuero; y, en el curso de tales galopadas, la requemada coleta flotaba al viento: ajado banderín, superviviente de una tan injusta como heroica derrota. Aún resuenan sus alaridos en las grutas de mis recuerdos, del mismo modo en que aún puedo ver, a veces, el jinete resplandeciente de la gloria. Pues, en tales ocasiones, lo vi galopar, como otro sol, por el cielo de mi infancia.

Aullidos muy parecidos empleaba Krim-Guerrero, como único lenguaje, en el curso de nuestras lecciones. Él colocó por vez primera en mi ansioso puño infantil el pomo de la espada con que mis hermanos, a edad semejante, aprendieron a lanzar tajos al viento. Krim-Guerrero alzaba su brazo corto, recubierto de montoncitos de carne resbaladiza y maltrecha, que otrora significarían espléndida musculatura (si habían de creerse, como creía yo, las muchas victorias en airosas escaramuzas que, por descontado, protagonizaba). Emitiendo oscuros bramidos lograba estimular, de no helarme la sangre y paralizar mis movimientos, tanto el ingenio como la fiereza del auténtico guerrero en su discípulo. Nunca oí de sus labios otra clase de explicaciones ni cómo debe empuñarse o no empuñarse un arma. A fuer de lacónica, he de admitir que aquella particular manera de instruirme revistió gran eficacia. No existe mejor maestro, en trances semejantes, que el ansia de salvar no digo ya el pellejo, sino siquiera una oreja.

Tras la noche en que mi padre mostrárase tan generoso, al menos en cuanto a deseos hacia mi persona, Krim-Guerrero pareció sumido en un continuo rumiar. Acaso pasaron meses sin que manifestara sus intenciones ni nombrara para nada aquella cuestión. Pero yo notaba que la llevaba grabada en la sesera. Pasaron, pues, muchos días de esta guisa: hurtando mi pequeño, aunque robusto cuerpo a sus tajos, bajo el imperativo de sus gritos o el restallante silbido de aquel látigo que siempre llevaba a la cintura y con el que, ora rozaba mi mejilla, ora mis orejas, o cualquier punto mayormente desprevenido de mi persona. Y puedo asegurar que antes aprendí a escamotear mi cuerpo a las manifestaciones de violencia ajenas, que a ejercitar las propias hacia mis semejantes. En breve, aprendí a montar y desmontar de un salto, a cabalgar con o sin aparejo, a esquivar la punta de la lanza o los vergajazos, amén de escabullirme a puntapiés, llegados tanto por parte de mi maestro como de la tropa de glorias asoladas que se amparaban en la senectud de mi padre. Y mucho debo agradecer a aquellas jornadas la aguda disposición que siempre me distinguió en saber evitar lo que se llama el paso a mejor vida.

En estas o parecidas tareas iba interesándome, cuando una tarde Krim-Guerrero me ordenó montar a la grupa de su montura. Se había levantado un gran viento y aun antes de que mi maestro, con su grito sonámbulo, hincara talones en los ijares de su caballo, ya el viento –portador de una seca y dura lluvia, procedente de las dunas– agitó furiosamente su mechón en el despoblado centro de su cabeza. Balanceó el brazo lleno de bandullones como la vaina reventona de una legumbre seca, su mohosa lanza cargó contra la nada y arrancamos a galope hacia la estepa. Aferrado con brazos y piernas a su cuerpo, clavado a la grupa del caballo, bebiendo hasta la asfixia la arena y el rancio olor a sebo y cuero mugriento que despedía su persona, me sentí izado del suelo por una fuerza superior y desconocida. Me inundó entonces un goce tan áspero como sólo proporcionan, a veces, el miedo y la esperanza mezclados.

No sé por cuánto tiempo aún atacamos al viento, ni cuántos gritos oí. Y, con ellos, cuántas sombras de jinetes, negras y transparentes a la vez, cruzaron por el cielo de nuestra inmensa carga. Veía a aquellos guerreros, eso sí, con claridad muy lúcida: alzando la cabeza, hincada la barbilla en la espalda de mi maestro, entrecerrando los párpados para que no los cegase la arena de las dunas. Los veía y oía gritar sobre mi cabeza. Rígido de pavor sentía las pezuñas de sus caballos rozándonos la frente, puesto que todo, sus gritos, lanzas, ferocidad y hermosura, eran sustancias brotadas de otro muy vasto lamento que adiviné desparramado, y reiterado sin tregua en el gran eco del mundo.

Cuando el viento cesó, la última arena bajó en seca llovizna. Desaparecieron enemigos y glorias, tal y como desaparece en el polvo toda huella de pasos. Frenando su montura, Krim-Guerrero y yo a su grupa avanzamos en un blando trote, estremecidos de silencio y soledad absolutos. La estepa se ofrecía a mis ojos y a mi oído como un sordo retumbar de cuero golpeado: las chatas muelas de piedra que alzábanse aquí y allá entre matorrales se me antojaban redobles visibles de algún acechante timbal de guerra. O acaso el remedo de antiguos galopes. A despecho de la desaparición de los guerreros celestes, creí seguir oyéndolos: aunque los sabía arrebatados al vacío de una inmensa derrota, tan inútil ya como la gloria.

Tras un pequeño montículo, apareció entonces el que fue luego mi muy amado Krim-Caballo. Era negro, con larga crin, y alzaba su belfo, enloquecido por la ausencia del que fuera su jinete y a quien sin duda perdió. Krim-Guerrero me tomó entonces como a un fardo y me arrojó al suelo. Apenas me incorporé, apartando mechones de mis ojos, intentando restañar la sangre de mis rodillas, mordiéndome los labios para no gritar, vi cómo Krim-Guerrero avanzaba despacio, con suavidad jamás sospechada en tan adusta y mísera criatura. Rodeó así al asustado Krim-Caballo y vuelta a vuelta lo estrechaba cautamente en círculos para cortar la espantada que, de rato en rato, alzaba los remos del animal en un pavor casi humano. Olvidé entonces el dolor de mis magulladuras y me replegué al acecho. Y mientras Krim-Guerrero mantenía a Krim-Caballo en su cerco sagaz y suave de serpiente, a ambos los apretaba y rodeaba, en trote suave y vigilante, el propio caballo de Krim-Guerrero: como una movediza, atenta y circular fortaleza viva, que a la vez protegiera a su amo y evitara la huida de su presa. Al fin, mi maestro saltó sobre el joven caballo estepario, e iniciose una furia redonda, retorcida, gimiente, confundidos entre nubes amarillas, gritos y relinchos. El cuerpo de Krim-Caballo parecía flexible como un junco. Le vi sacudir el aire, igual que un látigo. Alzados los remos delanteros, giraba sobre las patas traseras, confundida crin y desesperación, el espanto diluido ya en los gritos de Krim-Guerrero. Lanzose al fin estepa adelante, portando a su lomo, pegado como un caracol a su concha, a su domador. Y el caballo de mi maestro los seguía en un trote jubiloso, la crin al viento. Creí entonces que los tres desaparecerían para siempre, acaso, en el cielo de la gloria pasada: aquel cuya única huella recuperaban, a veces, los que fueron valientes, alucinados o vencidos.

Pero regresaron. Volvió el polvo y luego, bruscamente, el viento. Entonces Krim-Caballo enloqueció totalmente. Giró una y mil veces sobre sí mismo, igual que una exasperada noria, y la estepa celeste se pobló nuevamente de huellas errantes y ecos sin rumbo. Cien mil guerreros inundaron y oscurecieron el cielo. Gritando, descendieron a presenciar la derrota del joven animal. Hasta que al fin, en galope apresado por un eco de viejas batallas, refrenado en remotos recuerdos, regresaron al vasto paraíso del olvido.

Krim-Caballo respiraba como un moribundo, era la imagen misma de la derrota, abatido bajo el látigo y los gritos de Krim-Guerrero. Caliente animal, nuevamente perdido, se estremecía.

Así obtuve mi primer caballo. Lo portamos a casa ya de noche y mi padre admitió que, aunque demasiado joven, era un ejemplar muy estimable.

A partir de aquel día, me nació un nuevo sentimiento hacia mi maestro: algo que hoy tengo como mi primer acercamiento hacia los hombres, pues en él se mezclaban por igual admiración, curiosidad y pavor.

Mas, como inexorablemente vino sucediéndome a lo largo del tiempo, aquella criatura, como todas las que me despertaron algún afecto, desapareció de mi vida. Y no sólo de mi vida. Al día siguiente de este lance, Krim-Guerrero abandonó nuestros parajes. Y aunque mi padre envió gente en su busca –más que de ningún otro, placíale escuchar sus hazañas y victorias contra el turco–, nadie lo vio más, ni pudo saberse de él.

El herrero que prendió la hoguera de las brujas forjó la espada que algún día, cuando fuese armado caballero, luciría al cinto. Y también el escudo, la daga y el puñal. Pero hube de continuar adiestrándome yo solo, sin maestro, en el oficio de dar muerte y evitar recibirla.

En puridad, debí efectuar este primer aprendizaje en casa de cualquier noble vecino, como lo hicieran mis hermanos, antes de partir al castillo de Mohl. Pero nadie se ocupó de esto y mucho fue ya lo que me enseñó el desaparecido Krim-Guerrero y lo que aprendí yo por mi cuenta.

Una vez más se reafirmó la legitimidad de mi origen, pues me mostré tan adusto, salvaje y feroz como al decir de las gentes fuera mi padre. Y como eran, sin duda, mis poco afables hermanos. De forma que mi violenta naturaleza tuvo sobrado campo de expansión, y tan duros forjáronse mis nervios como el látigo de mi desaparecido maestro. Algunas veces me caí del caballo y en cierta ocasión permanecí inconsciente varias horas (sólo a baldazos de agua lograron reanimarme). Pero muy pronto me reponía de estos y otros golpes, al tiempo que mi cuerpo crecía y se embravecía y mi espíritu se nublaba y espesaba.

Lentamente fui desprendiéndome de mis atisbos y visiones infantiles, de mis precoces presagios y vagas esperanzas. Y llegó un día en que sólo pensé en la lanza y la fuerza. Y llegué a creer que en el mundo sólo existía una ley, y que ésta la dictaban los guerreros. E imaginaba que el mundo era un grito de guerra.

A menudo soñaba con una gran pradera de hierba alta y muy verde, mecida por un viento de sangre. La veía sembrada de cadáveres enemigos y lograba distinguir, hincados en sus cuerpos, trozos de lanza rota, enseña al viento. Pues de continuo oía referir iguales o parecidas cosas a la exprimida pero no lacónica ni moderada soldadesca que rodeaba, cada vez más nutridamente, la apática enajenación paterna.

Semejantes despojos, espectros de una desaparecida fiereza (y tal vez gallardía), tristes héroes de desecho, se acurrucaban junto a su mesa y aun se ovillaban a los pies de su lecho. Encendían mi fantasía con el relato de batallas, conquistas y muerte, aunque ninguno supo hacerlo como Krim-Guerrero. Y sus largas y a veces horrendas cicatrices y sus cuerpos a menudo mutilados se me antojaban la más embriagadora y espléndida muestra de la gloria. Ansiaba vivamente que se produjera algún asalto a nuestra casa, soñaba que algún vecino, seducido por la caduca placidez de mi padre, se sintiera tentado por tan escasa resistencia y le acuciara el afán de despojarle de cuanto aún conservaba. Pues así, me decía soñadoramente, forzado por las circunstancias, podría tomar parte en el combate.

Pero ese ataque no se produjo. En los días de mi infancia guerrera gozamos afortunadamente de una extraña paz, solamente muy de tarde en tarde turbada por escaramuzas y rencillas en la linde de unas tierras sin demarcación demasiado precisa.

Mi padre hallábase por entonces prácticamente devastado. La progresiva rigidez y entumecimiento de sus miembros habíanle convertido, casi, en un inválido. Y si alguna vez quería ir de aquí para allá debía ser portado a hombros. De semejante guisa erraba por la hacienda, en tanto molía a bastonazos a quienes gozaban el privilegio de ser sus bestias de carga. Sin idea precisa recorría el recinto de la torre o incluso sus estancias, con lo que la ascensión por los estrechos y resbaladizos escalones daba lugar a incidentes desafortunados que le ofrecían excelentes ocasiones para esparcir leñazos a diestra y siniestra. Aunque también apaleaba a sus portadores sin ton ni son. Unas veces para indicarles de tan sucinta como ruda forma el lugar donde deseaba dirigirse, otras porque así le venía en gana. Si se presentaba buen tiempo, más de un día se hizo conducir hasta las viñas, y allí frente a los sarmientos y racimos reía y lloraba como un niño de pecho, emitiendo alaridos tan desprovistos de luz espiritual que hubiera conmovido, caso de hacerse acreedor a tales sentimientos, a quien lo mirara.

Con preferencia elegía para la tarea de portarlo a hombros a sirvientes jorobados, debido a que así atinaba mejor en sus espaldas con el bastón pues la creciente hinchazón de su vientre y la torpeza de sus miembros le hacían cada vez más difícil alzar el brazo y acertar el mamporro. No disminuía, en cambio, su voraz apetito. Añadió a la oca nocturna una gran variedad de frutas y hortalizas, queso y vino en abundancia. Todo lo engullía con el ansia de un hombre que hubiera ayunado durante largos años, mientras la grasa chorreaba por su barba y entre sus dedos gordezuelos. Como veía muy poco, todas las noches ordenaba prender diez o más antorchas en la estancia donde se reunía a comer con sus compañías predilectas; truhanes y pillos de variopinta especie hallaron en aquella larga y estrecha mesa de roble buen lugar a sus apetitos y remiendos. Vociferaban, codo con codo, y se embriagaban hasta muy entrada el alba. Pero rara vez yo tenía, a expresa voluntad de mi padre, un lugar en tan abundantes colaciones. Y no por maldad o dureza de corazón, sino porque casi nunca me recordaba. Sólo muy de tarde en tarde me requirió para, al punto, ignorarme de nuevo, en aquella mesa donde tan abigarradamente se mezclaban arabescadas historias de lances muy heroicos, la carne del asado, la obscenidad de relatos llamados de amor, y la cada vez más espaciada ternura paterna. Mi alimento no era igual al suyo. Como el más niño, mi brazo era también el más corto y, cuando intentaba alcanzar una tajada, otras manos más duchas en la rapiña, el engaño y el botín se me adelantaban. De forma que sólo alguna hortaliza, o gachas, llegaban con relativa seguridad a mis hambrientas fauces. Más de una vez, oprimido y empujado por los cuerpos que se apiñaban en aquellos bancos, rodé bajo la mesa donde ya que no en otra carne más suculenta clavé mis colmillos en las ajadas pantorrillas, otrora firmes, de aquellos desdichados. Con lo que, por parte de los elegidos por mi voracidad y furia, híceme acreedor a parecidas correspondencias y agasajos.

Y sin embargo no creo que ninguno de aquellos hombres, incluido mi padre, me tuviera mala voluntad. Antes bien, por algún que otro indicio que ahora puedo ir espigando –marchito haz de una recolección ya muerta–, tengo para mí que alguno de aquellos obtusos desterrados de la gloria mostró hacia mi persona más ternura que las mujeres, mi madre a la cabeza, encargadas de atender (a todas luces con más recato) los primeros días de mi infancia.

En ocasiones mi padre se sumía en una especie de ensueño, casi terrorífico de puro enajenado. Y antes de acabar su ágape, pedía que lo llevaran al lecho, sollozando sin motivo presumible. Yo solía precipitarme entonces sobre los huesos esparcidos fuera y dentro de su plato. Tal era mi hambre que defendía de los perros aquellos despojos con mi pequeña daga en ristre. Y de tal forma crujían mis dientes que si algún apetito ajeno osó amenazar mi bocado salió mal parado de ellos. Trituraba los huesos entre los colmillos, como la rueda del molino el grano, y extraía de su interior una sustancia sabrosa y sangrante, que sorbía con fruición, e incluso llegaba a emborracharme, como si de vino se tratase. En estas ocasiones de áspero deleite y ansia, al tiempo que tronchaba los tiernos huesos sentía que me nacía una suerte de odio errante y sin objeto preciso. No sabía aún que era a mi padre –y a todo ser viviente, acaso– a quien tan oscuramente aborrecía. Estaba muy lejos de suponerlo porque, en verdad, era aún muy inocente criatura.

Había días en que una lujuria vana y estólida se apoderaba de los otrora violentos apetitos carnales de mi padre. Enviaba entonces a su destartalada tropa a la busca y captura de alguna descuidada o inocente habitante de los contornos. Una vez ésta hallábase, de grado, por fuerza, o apáticamente sumisa en su presencia, sentábala sobre la mesa (como si de otra oca se tratase) con toda su pandilla en torno. Fijaba en ella sus ojos, que iban tornándose gelatinosos hasta semejar iban a derretirse sobre sus mejillas. Luego prorrumpía en risas tan infantiles e inocuas como cuando le llevaban ante los racimos. Pellizcaba con sus deditos rechonchos de uñas negras ora aquí, ora allá la carne de la mujer. Y caía finalmente en una furia inane que, por lo común, degeneraba en llanto. Entonces mandaba devolver a la mujer a su casa, recomendándole mucha honestidad y recato: «Pues –solía decir, entre suspiros– los lobos acechan a las tiernas ovejas donde menos se espera». Tras lo cual solía reclamar urgentemente que le preparasen la comida, pues esto era ya lo que en verdad alcanzaba a saborear mejor. O bien se entregaba con aplicación al vino, cosa que nunca olvidó ni despreció. Una vez consumidos tan sólidos como fieles placeres, retirábase a lomos de sus jorobados. De tal guisa transportado le veía alejarse escaleras arriba: nalgudo, quejicoso, derrumbado en grasa. Y ofrecía a mis ojos el espectáculo de la más cruel destrucción y derrota que caben en humana naturaleza.

A pesar de lo poco regalado y aun calamitoso de mi existencia, lo cierto es que crecí duro y templado como una lanza. Siempre fui delgado –cómo no serlo, forzado a tanta privación y recelo–, pero tenía músculos más duros, castigados y flexibles que el cuero curtido. Y eran tan ágiles mis piernas y tan certeros mis golpes como sólo espabila en este mundo un continuo hurtar el cuerpo a las más imprevisibles trampas y descalabros. Al igual que mis hermanos crecí rápidamente y fui, en toda edad, más alto que la mayoría. De suerte que siempre creyéronme de más años a los que en realidad contaba. A los once seguramente parecía de catorce y así me ocurrió toda la vida. Cuando cumplí el undécimo, algunas muchachas y aun mujeres maduras empezaron a mirarme a hurtadillas, de forma harto turbadora. En estas ocasiones reverdecía en mí la curiosidad que, en mi primera infancia, sentí por mi aspecto, ferozmente descrito por mi madre.

De nuevo fui a mirarme en el agua y me hallé –como entonces– tan sucio, desgarrado y raposuno que pocas ganas tuve de repetir la experiencia.

De manera que mucho me desconcertó el significado de aquellas femeninas miradas. Siempre fui muy feo: cara de zorro, nariz aplastada, y tan rubio el pelo que a todos causaba extrañeza, pues, al sol, parecía blanco. Y este detalle inquietaba a quien lo observaba, ya que yo era un muchacho y no un anciano.

Mi padre solía peinarse al estilo de nuestros abuelos: todo para la frente y la nuca rapada. Era, como yo, feo por naturaleza. Y en verdad, a mi parecer, esa forma de distribuir su cabello llegaba a ponerlo horroroso. Sin embargo él cuidó mucho siempre ese detalle ya que no otros. En cuanto a mí, ni tan someros cuidados presté a mi cabeza, juzgando tal vez mejor dejar las cosas como estaban y no empeorarlas. Como mi pelo era en verdad abundante y crecía a su aire en hirsutos mechones, llegué a lucir en lo alto de mi persona una suerte de crin, o penacho, como el que ondean los caballos (pero sin la nobleza de estos animales). Y como no lo desenredaba nunca, abandoné cualquier tentación de darles una inclinación más humana.

El sol y el viento de las planicies oscurecieron mi rostro. Y en tal contraste relucían mis ojos, con tan poca amistad o simple continencia que, por más que los tuviese azules (el azul, según oí, es color estimado en los ojos, al menos por las gentes de mi tierra), más me hubiera valido ser tuerto con tal de ofrecer, aun a través de un solo ojo, mirada más serena o regular. Pude apreciar que, aunque muy robusto, mi cuerpo era esbelto. Y largas, derechas y muy firmes tenía las piernas, sin aquellos mal repartidos bultos que a juzgar por lo que a diario contemplé en los que me rodeaban, durante largo tiempo creí eran atributos corrientes, o relleno natural, en toda pantorrilla que se precie de humana. Cuando descubrí que precisamente mi cuerpo y piernas desprovistos de bandullones eran el blanco de miradas desazonantes, mucho me sorprendí y maravillé de la femenina naturaleza.

Algo me animó este descubrimiento, pues hasta entonces me tuve por muy abominable criatura. Y desde ese punto y hora, en alguna ocasión hurté el peine de largas púas que mi padre guardaba en el cofre, e intenté dar a mi aspecto una apariencia más usual. Pero hallé fijos en mí los ojos amarillos de la misteriosa cabra, tan coléricamente desdeñosos, que huí avergonzado y bullendo en el deseo de reunir suficiente coraje para algún día hundir mi puñal entre sus lacias ubres. Valor que no hallé nunca.

Pero todas estas cosas se confundían en mi entendimiento y tenía una idea muy embrollada de cuanto me ocurría o, tan siquiera, de lo que ocurría a mi alrededor.

Llegó así un tiempo en que, con cierta frecuencia, me sentí preso de un oscuro deseo: llegar a entablar, si no amistad –palabras cuyo significado ignoraba–, al menos conversación con alguien que no fuera la soldadesca, los mendigos, los pillos o mi buen caballo. El fraile, como los campesinos, me huía. Y aun le vi más de una vez santiguarse a hurtadillas cuando me cruzaba en su camino, como si mi persona se tratara del mismo demonio. A falta de lo que tan confusamente deseaba busqué, en su lugar, la soledad más extrema.

Galopaba solitario y solía adentrarme en los bosques y aun rozar los límites de la estepa, allí donde Krim-Guerrero capturó a Krim-Caballo. Comencé a aficionarme a la caza y esto me produjo una de las escasas satisfacciones o alegrías de aquel tiempo. Cada vez se afinaban más mi instinto y puntería, de suerte que iban en aumento las piezas cobradas. Y por fin pude comer carne, e incluso saciarme de ella. Pues llegué a manejar el arco y las flechas con tanto acierto y habilidad (en ello siempre me distinguí) como puede proporcionar el hambre.

Incluso a veces me sobró comida. En tales casos la asaba y escondía, para devorarla en momentos más precarios. Pero llevado por aquel anhelo indeciso que me hacía añorar o, al menos, llegar a hablar algún día con una criatura que no formara parte de los desechos habituales, en una o dos ocasiones me aproximé a un grupo de muchachos con la pieza aún sangrando en la mano. De lejos, antes los había observado: elegía uno y una vez a su lado, intentaba ofrecerle parte de mi caza, decirle, en suma, que deseaba compartir aquella suculencia con algún ser que tuviera mi edad y hablara mi lengua. Pero imagino que no atiné con las palabras precisas, pues apenas me veían salían huyendo, aterrorizados. Así tuve constancia de que todos me temían y, viendo cómo rechazaban neciamente mi oferta, sentía una cólera tan dolorosa que parecía rasgarme de la cabeza a los pies. Entonces saltaba sobre mi caballo y perseguía con saña al elegido, hasta derribarlo y golpearlo ciegamente. Tanto, que una vez mi vista se nubló bajo los golpes que yo mismo descargaba y comprobé, con estupor, que esta fugaz ceguera era debida a súbitas e incomprensibles lágrimas.

Estos arrebatos acrecentaron aún más mi fama de violento y despiadado, cuando en verdad sí era violento, pero no despiadado, como tampoco piadoso: pues no había tenido ocasión de practicar ninguna de estas cosas, ni hallado objeto que me inspirara tales sentimientos. Herido por un gran rencor, en esas ocasiones me traspasaba un dolor muy grande, hasta sentirlo en mi carne como el filo de una espada.

Un día en que permanecía oculto tras unos árboles, oí decir a unas mujeres que yo era tan desalmado como mis hermanos. Semejante opinión me dejó confundido: yo no era desalmado, pensé, más bien acaso carecía de alma. O ésta yacía tan acurrucada y falta de sustento, que poco le faltaba para expirar de inanición. Aquella revelación me hizo reflexionar, aunque lenta y pesadamente, sobre el hecho de que yo poseía, después de todo, un alma, como otro cualquiera. Y esta idea me dio que rumiar largamente. Pero tenía una idea tan vaga del alma humana, como de sus cualidades, o su simple objeto. Varias veces la emprendí a golpes con algún siervo, mendigo, o cualquiera que hallara propicio a tal contingencia. Y creo que, en ocasiones, sin mediar verdadero motivo para tales explosiones de mi temperamento, sin duda iracundo. Me digo ahora si sería aquélla la única forma que atiné a mi alcance para comunicarme con mis semejantes.

De todos modos en aquel tiempo no maté a nadie. Quiero decir, a criatura de mi especie. Y en cuanto a los animales, tan sólo abatía aquellos que podían nutrirme pues tenía suficiente pundonor o acaso conciencia de que la violencia, incluso la ira –y sabía que mucha albergaba dentro de mí–, no eran fuerzas que debían prodigarse sin objeto preciso ni provecho. Me decía que estas cosas sólo podrían ocurrírseles a criaturas de muy roma sesera, filas en las que no creía militar.

Así la caza llenó gran parte de aquel tiempo en mi vida. Y gracias a ella pude gustar una clase de alimento que de otra forma no habría catado sino muy raramente. Aprendí a deshollar los animales y a curtir su piel. Y con ella yo mismo apedazaba mi atuendo y mi calzado.

Seguramente por entonces mi madre murió, o ya había muerto. No puedo decirlo con exactitud. Sólo sé, porque conozco el lugar de su tumba, que un día las mujeres que la acompañaban la enterraron.

Sucedió en ese tiempo algo que conmovió profundamente mi

vida: alguien aceptó el ofrecimiento de compartir la caza abatida por mí. No fue un siervo, ni un criado, ni siquiera un soldado, sino un mendigo. Ocurrió el hecho de la siguiente forma: hallábase apenas iniciada la estación en que más propicia se presenta la caza del jabalí y, por primera vez, pensé en cobrar una de estas grandes y en verdad temibles piezas. Hasta aquel momento se me hacía dura la empresa y no desdeño la posibilidad de que contribuyera a ello el haber oído desde muy niño innumerables historias que narraban siervos y villanos y aun algún soldado. Decían que el jabalí no debiera tocarse y aún menos matarse. Picado de curiosidad presté atención a estas creencias y al fin un poco por un lado, otro poco por otro, llegué a entender que esta prohibición nacía de un miedo más oscuro que el de la propia muerte. El jabalí –y especialmente el de pelaje de oro– era mitad sagrado, mitad criatura infernal. Pero, en todo caso, tratábase de una criatura sobrenatural, solía acompañar por bosques y praderas a la esencia, fuerza o quizá dios –sin duda ya muerto, o al menos enterrado por la fe de Roma– proveedor de la fecundidad. Descubrí más tarde, en las medio quemadas inscripciones o signos que cubrían ciertas estacas hincadas en los huertos, el contorno más o menos reconocible de un jabalí. Y en ocasiones llegué a vislumbrar, pendiente del cuello de algún campesino, el colmillo de uno de estos animales.

Pero aunque estas cosas despertaron en mi ánimo un cierto malestar, tiempo después deseché estos recelos. Fui en busca de mi presa con verdadera emoción y liberado de esta clase de suspicacias.

El día que alcancé a uno de estos animales, quedé casi enajenado en una suerte de íntimo y jubiloso placer, que me tuvo largo rato inmóvil, contemplando la fiera. Era en realidad un cachorro, mas, precisamente, de pelo dorado. En su último estertor, emitió un sordo bramido: por entre los colmillos brotó un río diminuto y rojo, que me exaltó hasta gemir, a mi vez. Fue un día importante para mí. Deshollé y vacié de sus entrañas al animal, tendí a secar su piel y al fin arrojé a un pequeño declive la cabeza y el verla rodar me produjo una desagradable sensación.

Luego de cuartearlo, asé una pierna y saboreé su carne. Era en extremo sabroso, aunque durísimo.

Tras satisfacer la voracidad de mi naturaleza, quedé ahíto y amodorrado a la par por la emoción que tal hecho me producía. Contemplé con oscura melancolía lo que quedaba: por mucho que lo aderezase –y no era muy hábil, ni disponía de lo adecuado para tales menesteres–, tanta carne sobraba que comprendí se pudriría y apestaría mucho antes de poder dar cabal cuenta de ella. Amargas experiencias y mi orgullo me impedían acudir a una de las sirvientas o villanas en demanda de que lo curasen y salaran, como a veces les vi hacer con otros animales. Así que lo envolví en un trozo de cuero, lo escondí entre las piedras donde solía ocultar restos de otras presas y anduve melancólico, muy desazonado y ahíto, de un lado para otro.

Aquella noche tomé la silla de mi caballo, donde acostumbraba apoyar la cabeza, y fui a dormir bajo la escalera de la torre. Pues había llegado a ser más agradable para mí este lugar que la dura yacija amañada sobre las mazmorras. Allí, fingiéndome dormido o no –según mi buen sentido aconsejase–, podía ver y oír cosas que despertaban mi curiosidad o mi interés. Ya que, a medida que el tiempo pasaba, todo intento de hablar con alguien solía ofrecérseme más arduo, si no imposible.

En tal ocasión habíase cobijado allí un mendigo, cuyo rostro se ocultaba casi enteramente bajo un capuchón. Sus pies descalzos sobresalían bajo el sayal roto, acurrucado en su rincón, como animal en su guarida. Pero al tenderme a su lado levantó la cabeza y al deslizarse algo la capucha vislumbré un rostro de muchacho, donde brillaban alerta y cautelosamente sus ojos claros. No sé aún cuál fue el verdadero impulso que me instó a sacudir su brazo y decirle que, si tenía hambre, yo podría satisfacerla. Quedose unos instantes en silencio, como sorprendido (o así me lo pareció). Su rostro era oscuro y huesudo, con evidentes huellas de no haberse regalado en placer alguno, por nimio que fuera.

–¿Qué me pides, a cambio? –dijo al fin. Con tal rudeza, que más que hablar parecía morder.

–Nada –negué, casi incrédulo ante el hecho de que no me

rechazara–. Sólo quiero partir mi caza contigo. Hay suficiente para los dos.

Sin aguardar más, me levanté y tirando de su sayal le indiqué que me siguiera. Lo llevé entonces al escondite donde guardaba los restos de mis provisiones. Y así comimos juntos. Él lo hizo con voracidad equiparable a la mía y luego le di a beber vino del que hurtaba en las bodegas de mi padre y que allí ocultaba. Comiendo y bebiendo, permanecimos mucho rato, sin hablar más.

Cuando quedamos ahítos, nos apoyamos en el muro. Respirábamos con fruición, mirando hacia la noche. Yo quería decirle (o acaso preguntarle) alguna cosa: mas no hallaba las palabras precisas. Y esta comprobación me producía un insano y malaventurado resentimiento. Fue él quien habló primero, tan brusca e inesperadamente como antes lo hiciera bajo la escalera. Y dijo algo que en verdad me pareció extraño:

–Si eres hijo del señor de esta hacienda, algún día serás un hombre poderoso.

Tragué saliva –mucho me costaba hablar –antes de responderle que, ciertamente, así lo esperaba; pues, farfullé, cuando mi padre muriese yo sería dueño y señor de todo el lugar. Esto era mentira y mientras lo decía tenía clara conciencia de que mis hermanos no opinaban de tan sencilla manera sobre tal cuestión y disposiciones. Pero no sabía qué otra cosa manifestar, ya que aquellas o parecidas ideas jamás rozaron antes mi pensamiento.

–En tal caso –murmuró el joven vagabundo, con expresión soñadora–, cuando seas un alto y poderoso caballero, llámame. Acudiré sin falta y pelearé a tu lado contra quien dispongas y cuando dispongas.

Dicho esto, poco había ya que comunicarse, así que enterramos los bien mondados huesos y tornamos bajo las escaleras. Me dormí profundamente, presa de un extraño cansancio: como si estuviera fatigado, muy fatigado, tras librar una penosa lucha. Pero mi cansancio no residía en brazos y piernas, ni en lugar alguno de mi cuerpo, sino que yacía dentro de mi ser, espumoso y ligero como vino y casi diría que placentero.

Cuando empezaba a amanecer desperté, agitado por una inquietud muy grande. Quería decirle al mendigo que permaneciera allí, en nuestra tierra. Pues si quería ser mi escudero, difícilmente podría cumplir tan buen deseo si, llegado el momento, yo no podía hallarlo. Con gran asombro primero y una ira sorda y muy encendida luego, comprobé que su lugar bajo la escalera estaba vacío. Mi incipiente y único amigo había desaparecido sin dejar rastro. Y se había llevado, en cambio, mi puñal.

Tal furia me invadió, que estuve tentado de saltar sobre Krim-Caballo e ir en su busca, para matarle. Nadie, jamás, me había dirigido palabras semejantes a las suyas y por ello se me antojaba totalmente intolerable su marcha, que tenía como huida. Mas, casi de inmediato, la furia se derrumbó en una suerte de agonía, tan inusitada y desconocida, que permanecí largo rato anonadado, sin pensar en nada, ni sentir otra cosa que mi propia miseria.

Fue la primera tristeza de mi vida. A través de ella, pareció abrirse paso una rendija de luz, que llegó a iluminar la espesura de mi entendimiento. Empezó a dorarse la niebla de mi memoria, hasta recuperar un tiempo de vendimia en que caí al suelo, como fulminado, y perdí el habla: víctima de alguna vasta e inalcanzable predestinación.

Durante todo el día siguiente creí ver galopando, ante mis ojos, a mi propia tristeza. Parecía un torpe e inexperto corcel que por vez primera había perdido su jinete y no sabía hacia dónde dirigir sus pasos.

III

EL LAGAR

Llegó la fiesta de la vendimia, y yo cumplí trece años. Desde que salí de la tutela de mi madre, estas celebraciones tuvieron la virtud o maleficio de alejarme de donde se celebraran. Solía pasar esos tres días encerrado en algún lugar apartado de la torre o del bosque, negándome a mí mismo cualquier contacto con el júbilo, la excitación y la virulencia colectivas. Tal vez en los primeros años persistiera aún en mi ánimo el recuerdo y el olor de aquel suceso que, en su día, tanto me trastornaron. Pero en los últimos tiempos tal recuerdo yacía acurrucado en mi memoria. Si no olvidado, lo cierto es que permanecía enterrado bajo capas de embotamiento y brutalidad, de forma que, voluntariamente, sin yo mismo saberlo, habíase borrado casi toda huella de él.

En aquella ocasión fue otro mi comportamiento. Comenzaban estas fiestas cuando ya había terminado la recolección y afanábanse los viñadores en la elaboración del vino. Se pisaban las uvas en el lagar y un viento loco, ácido, sacudía las ramas de los árboles, el olor de la tierra y los sentidos. Por única vez al año el vino corría sin tasa entre viñadores y sirvientes. Eran distribuidas raciones de carne, pan y empanadas de fruta. Y había gran libertad y aun disculpa para todos los excesos. Así sucedió siempre, desde muy remotos tiempos. Y así seguía y seguiría ocurriendo, aún por muchos más.

En verdad que en estos días afluían con mayor fuerza los ancianos resabios, ritos y aun remedos de sacrificios. Y la sombra de los dioses muertos vagaba invisible, aunque pesada, sobre la tierra toda. Un largo grito se podía percibir, rastreando entre sarmientos y racimos. Los odres y las cubas rebosaban en las bodegas, en el viento se respiraba mosto y los ojos de todas las criaturas, aun a través de la más ruidosa alegría, transparentaban un fuego oculto y a menudo siniestro.

Me acerqué al lagar, despacio. Ya empezaban a mostrarse los ánimos muy elevados y risas bruscas o exultantes rodaban por las dunas del otoño, como un trueno amordazado, o un soterrado presagio de tempestades tras la piel del cielo. La fina lluvia, casi impalpable a través del sol, caía sobre las gentes y las viñas. Algunas mujeres se habían cubierto la cabeza con el manto, y otras permanecían, en cambio, con el cabello suelto, mojado y brillante. Y todos los rostros aparecían enrojecidos y sudorosos.

Un olor acre y violento me llegó, entonces. Olor humano y bestial a la vez, que despertaba un dormido dragón en los más ocultos ríos de mi vida. Alzose entonces el animal solitario, de ojos iracundos, vi cómo levantaba su cabeza de oro y sangre por sobre las anchas hojas de las vides, entre los granos de uva como enormes gotas de una lluvia encarnada, transparentes y espesos a la vez, que llenaban los cestos. Una luminosa y transparente savia manaba bajo el lagar, y caía en el recipiente de madera. Pequeños ríos de un oro rojo y encendido como el sol o la hoguera corrían sin tino ni prudencia hacia la tierra. Procurando disimular mi presencia, me acerqué entre los árboles que bordeaban el lagar: un grupo de moreras, de fruto parecido a diminutos racimos que teñían de un cerco azul oscuro o casi negro, los labios de quienes los mordían. Algunas moras habían caído al suelo, aplastadas, acaso pisadas. Su sangre amoratada se mezclaba a la lluvia, y al vino derramado.

En aquel momento unas mujeres subían de la bodega, portando jarros rebosantes de aquel aromático, delgado y turbulento líquido, que tanto apreciaban los Mohl y mi padre. Y que (de pronto me di cuenta) tanta sed despertaba en mí mismo. Una sed que como nunca antes recordaba haber padecido, se apoderó de mí. Bruscamente, arrebaté el jarro de las manos de una de las mujeres, y ante su asustado asombro, primero —sentía yo mientras bebía y bebía que su terror me cercaba, y creía que en el vino naufragaría la distancia, el gran miedo que sin yo proponérmelo les inspiraba–, y después, ante su risa suave y tímida seguida de otra más osada (hasta provocar otras muchas, que me envolvieron), continué bebiendo, hasta que me faltó el aliento. Entonces dejé caer el jarro, que se estrelló a mis pies. El vino salpicó mis piernas, y las miré, agrupadas en derredor a mí, e intenté, a mi vez, reírme. O al menos sonreír.

No sé si lo logré, ni lo sabré nunca. Pero si la sombra del recelo no había desaparecido, habíase convertido al menos en un suave terror, tan venenosamente placentero, que avivaba el fuego enterrado o encendía acaso, en su desconocida madriguera, los ocultos sarmientos siempre ardientes. Yo lo sabía, sentía mis labios, manos y piernas mojados por el vino y la lluvia, en una mezcla de cólera y placer, nuevo y agresivo. En el aire que, muy fatigosamente, respiraba y que parecía abrasarse en mi garganta.

Luego salté al interior del lagar y presa de furia en verdad salvaje pisoteé los granos, brinqué, gritando, una vez y mil, sobre ellos. Resbalé y caí muchas veces, y me revolqué entre sus husmos y su sangre.

Había una risa espléndida dentro y fuera de mí; una inmensa carcajada que de improviso me salvaba de toda tristeza o timidez, de la ira o muerte. La inmensa carcajada me sacudía de arriba abajo y mil o dos mil o siete mil veces caí en aquel espeso mar, torpe y deleitoso a un tiempo, atroz y bello como jamás había conocido ni presentido. Cómo podía imaginar la extrema libertad y belleza del mundo. Miles y miles de carcajadas idénticas me apretaban, me ceñían y levantaban otra vez. Sentí que muchos brazos me ayudaban a incorporarme, que mesaban mis empapados cabellos, mi rostro, mi cuerpo entero. De improviso, sentía sobre mi piel infinidad de manos, como un estremecimiento oscuro y tan hondo como la hoja de un puñal hundido. Por primera vez, a través de la encendida espesura de los nuevos sentidos que desfallecían en el vaho del lagar, conocía el roce de la piel humana sobre mi propia piel. Y aquella piel sobre mi piel era el más exasperado de todos los fuegos y el más penetrante. Mis sentidos parecieron multiplicarse, desparramarse en innumerable lluvia sobre el mundo y sobre mí mismo, puesto que la tierra entera era mi piel y despertaba una tan avasalladora, casi aterradora conciencia de libertad sin límites, de absoluta y total libertad, que me creí sacudido como un trueno. Y él me derribó, izó, y obligó a llamar a mi único amigo Krim-Caballo, para que entrara en el lagar y sintiera conmigo, bajo sus pezuñas, el estallido de una sangre tan poderosa, riente y estremecedora. Hasta que me sacaron de allí, probablemente casi inerme. Luego, recuerdo tan sólo el balanceo de las ramas de una morera y unas manos frescas sobre mi frente.

El cielo de septiembre huía sobre mi cabeza; algo se llevaba. Algo que yo debía retener, sobre todas las cosas, algo recién descubierto y sin cuya posesión no me sentía capaz de continuar viviendo.

–Despierta –me decía una de las mujeres, zarandeando suavemente mi cabeza–. ¡Despierta!...

Entonces vi su rostro, inclinado sobre el mío. Su cabello oscuro, suelto y mojado, me rozaba. Tenía la frente abombada, casi redonda. Parecía una manzana.

Levanté la mano con cautela y la rocé. Ella dejó entonces de reír, e intentó incorporarme. La reconocí en aquel momento: era la mujer-niña del herrero. La había visto cien veces, y jamás había sospechado cuán tersa y brillante era su piel. Tenía ojos como granos de uva, menudos y brillantes, arrancados sin piedad a algún racimo tan maligno y dulce como el veneno del sueño, o la locura. Al reírse, dos pequeños hoyos hendían las comisuras de su boca y tenía dientes pequeños, dientes de niño. Toda ella, en verdad, parecía un niño: hasta sus manos breves y ásperas, sucias de barro. Y vi que, en su boca, habían dejado un cerco azulado las moras, o el vino.

Por primera vez en mi vida mordí aquel veneno y me pareció que el cielo mojado y la enardecida tierra de las ya devastadas viñas, como en batalla mansa y traidora, levantábanse y lanzábanse en combate extraño. Donde cabía todo el desasosiego y júbilo del mundo. Sobre el viejo terror, que se alejaba más y más junto a un dragón centelleante, crecían las aguas del Gran Río.

Cerré los ojos y sentí la torpeza de mis manos y brazos, de mi cuerpo todo, sobre una cálida blandura que me traía el recuerdo y el aroma de una ceniza presentida, tal vez olvidada. De unos sarmientos perennemente rojos, crepitando sin descanso bajo la primera y más frágil corteza de aquella tierra que, hasta el momento, pisara tan ignorante. Había oído hablar de estas cosas a los soldados, pero no se parecían sus historias a la que me estaba sucediendo, ni a lo que luego sucedió, ni a las que otras muchas veces sucederían. En alguna pradera, oía galopar a mi caballo.

Tengo la certeza de que en aquella exaltación y desatado ensueño pasaron tres días. Sé que fueron tres, porque es lo que acostumbra a durar la fiesta de las uvas. Pero sobre mí pasó un tiempo distinto.

Al fin, como tras galope sin tino, desperté tendido en el suelo, más allá del río. Tenía la convicción de haberme caído del caballo, pero nada me dolía. Por contra, una gran calma, fresca y transparente, me bañaba. Cara al cielo de otoño, donde se alejaban rebaños de nubes y huían los pájaros, escuché y sentí el viento que balanceaba, a mis costados, la alta hierba de la pradera. Distinguí al fin la silueta de mi caballo, vi su belfo palpitante sobre las últimas flores de la estación: una suerte de lirios pequeños, de color aterido, que anunciaban el invierno. Krim-Caballo pastaba mansamente flores olvidadas, vestigios de un dominio que tocaba a su fin. Al verle me regresó una tristeza tan leve que pensé si aquello sería lo que las gentes llaman veneno de los días perdidos. Luego, un largo estremecimiento oscureció el aire, oí entrechocar de espadas y de lanzas, largos gritos a través de las dunas y el río, galopes de jinetes que huían, o que se aproximaban.

Todo sucedía en mí y en torno a mí: y continué así, inmóvil, fijos los ojos en el otoño alto y aún radiante que huía, sin retorno posible, hacia el invierno. Entonces, en mi memoria y en el aire mismo, creí reconocer el último mugido de aquel jabalí de pelaje dorado, vi fluir y avanzar por entre sus colmillos la muerte, rojo manantial. Y me ganó un placer tan hondo, y tan violento, que se nubló mi vista.

Días más tarde, mi padre me mandó llamar. Permanecía postrado por una ya incurable dolencia. Le encontré tendido en su lecho entre sus pieles, cubierto de llagas, junto a la cabra y las reliquias. Pero dueño de súbita lucidez en hora tan decisiva de mi vida:

–Hacia la primavera, apenas rompan los primeros brotes, irás al castillo del Barón Mohl –me dijo, con la última energía que le conocí–. Allí, seguirás el ejemplo de tus hermanos: pórtate como debes y tantas veces te he aconsejado, hasta que merezcas el honor de ser armado caballero. Después, tu vida está en tus manos. Y tu fortuna, en este mundo, sólo de ti depende.

Llegó el invierno. A veces veía a la mujer del herrero. Me bastaba salir al galope en dirección al bosque, o al río: ella acudía entonces a la vieja cabaña abandonada, donde solíamos reunirnos.

–Sólo tenía nueve años –me dijo un día, frente a las llamas, arrebujada junto a mí y estremecida por los aullidos que ya se percibían en la lejanía–. Vagaba por los caminos, huérfana y sin amparo... Él se casó conmigo, sólo para protegerme del hambre, de los lobos y del frío.

–Pero tuvisteis un hijo –le dije, con acritud. Pues con las últimas hojas de los árboles la espesa dulzura y la libertad y la alegría del lagar habían huido de mí. En cambio, una encrespada tristeza, el tedio y la inquietud maltrataban mi ánimo.

–Y murió –dijo ella, mansamente–. Murió en su misma cuna.

Como un rayo me vino entonces la vieja ira. Brutalmente, la golpeé en el rostro. Vi manar por entre sus labios de muchacha vagabunda un hilo delicado y rojo, pero tenebroso como el zumo de la mora.

–¡Y mandasteis a la hoguera a dos inocentes...! –grité.

Ella restañaba la sangre con una punta de su manto.

–Yo no envié a la hoguera a nadie –murmuró–. ¡Yo no estuve allí, aquel día...!

En aquel instante su rostro se transformó ante mis ojos en

la cabeza degollada de jabalí dorado: aquella que arrojé al barranco, con la sangre ya seca y negruzca entre los colmillos. El horror se adueñó de mí y caí en tierra, revolcándome y gritando.

Por vez primera añoré las manos huesudas de mi madre, metiendo mi cabeza en una tina de agua o abofeteándome. Creo que cuando al fin me quedé solo, derramé lágrimas por su muerte. O acaso por su vida y mi vida en aquel tiempo.

Pero aquélla fue la última vez que lloré.

Cedió el frío, y los primeros brotes en las veredas de los senderos y a la orilla de los manantiales anunciaron el retorno del tiempo cálido y brillante.

De nuevo, mi padre me llamó. Esta vez, para despedirme. Se le habían enconado las úlceras y supuraban un jugo amarillento y pestilente. Los jorobados que solían portarle restañaban aquella miseria, y se me hacía insoportable respirar el aire corrompido de la estancia. Me resultaba totalmente repulsivo aquel despojo humano que me llamaba hijo. Enflaquecido, la piel le colgaba en bolsas laceradas por sobre la carne y, como dormía desnudo, la visión de aquel cuerpo derrumbado entre apolilladas y mugrientas pieles parecía la extrema expresión de vejación humana.

Con tanta evidencia lo sentí que precisé un gran esfuerzo para no salir corriendo. Un crucifijo de madera sustituía ahora, en la maraña blanca de su pecho, al collar de oro que solía lucir en el cuello.

–Acércate para que pueda distinguir tu rostro –me dijo.

Cosa extraña, al obedecerle desapareció mi repugnancia y por primera vez me pareció descubrir nobleza y dignidad en su semblante.

De nuevo me recomendó, entonces, que fuera valiente, leal y honesto. Buen cristiano, defensor de la virtud y enemigo implacable del mal. Que venerara las reliquias y el ejemplo de San Arlón, nuestro protector; y (por decirlo de una vez, aunque él así no lo manifestara) que aspirase en esta vida a encarnar una imagen totalmente contraria a la suya propia.

Luego, pidió al herrero –cuyo nombre y vista me hicieron temblar, no sabía si de remordimiento o de odio– que me entregase la espada, el escudo y la lanza que le había encargado. Y ordenó también que me dieran la mejor silla para Krim-Caballo: una que perteneció al más amado de sus potros capturado en la estepa.

Tomé todas estas cosas y besé la reliquia de San Arlón. Acerqué mis labios a la mano que mi padre me tendía de nuevo, y me sentí preso de un invencible vómito. Pero por fortuna su mano estaba raramente limpia. Después, aquella misma mano se tendió al vacío, como buscando algo. Y mansamente la vieja cabra colocó el cuello bajo su palma.

–Ve en paz, hijo mío –murmuró cerrando los ojos.

Mas al punto lanzó un aullido de irritado hastío.

–¡Parte de una vez, pasmarote, y déjame dormir tranquilo...!

Así lo hice. Pero antes de salir, sentí en mi nuca unos ojos de fuego. Volví el rostro, y hallé las pupilas amarillas y redondas de la vieja cabra, dilatadas en una fría desesperación. En verdad, el recuerdo más perdurable que guardo de la casa de mi padre –el que me acompañó durante todo el viaje, hacia mi nuevo destino– fue la mirada pálida y fosforescente, casi humana, de aquel misterioso animal.

Mi padre había despilfarrado su poco lucida fortuna y en la ocasión de mi partida ni tan sólo pudo ofrecerme, como escolta, la compañía de un paje. Así pues, en soledad hice aquel trayecto y en soledad llegué al castillo del Barón Mohl. Pero antes de que esto sucediera me ocurrió algo, aunque insignificante en apariencia, que trastornó mi espíritu muy vivamente.

No era demasiado largo el camino, pero en tales días, aún reciente el hambre del invierno, multitud de vagabundos, ladrones, dudosas gentes de camino y malhechores salían de sus cuevas, como alimañas, en desquite de la miseria. De suerte que anduve con el ánimo alerta, dispuesto a defenderme de cualquier emboscada. Por primera vez vestía un traje digno de mi alcurnia –o así lo creía– y en un pequeño cofre portaba enseres y viandas que podían despertar la codicia de cualquier desesperado, a todas luces mucho más pobre que yo.

Tres días me llevó aquel viaje, siguiendo la ruta del Gran Río, hacia el norte. Y en el transcurso de la última noche –aunque evitaba cuanto podía echarme a dormir, para acelerar la llegada y evitar desagradables sorpresas nocturnas–, rendido de fatiga y sueño, desmonté y apañándome con la silla de montar, y una manta de piel un tanto apolillada mas portadora de antiguos esplendores (por primera vez se contaba entre mis haberes algo semejante), me dispuse a dormir con un ojo abierto y otro cerrado. Busqué el abrigo de los árboles y, como no quería llamar la atención ni espabilar ojos posiblemente ávidos, a pesar de que las noches eran frías, me abstuve de prender fuego.

Todavía quedaban trozos de escarcha junto a los arroyos y nieve en los altozanos. Comí algo de pan y queso, y reservé la carne ahumada para mejor ocasión. Esta carne de ciervo, en verdad más dura que el cuero de mi montura, fue la primera y última que me llegó, directamente, de manos paternas.

A pesar de que me alimenté muy frugalmente, lo cierto es que, cosa rara, no tenía hambre. Tampoco sentía sed, ni sueño. Me arrebujé en la vieja piel que mi padre mandó descolgar en mi obsequio y que, en rigor, constituía la parte más sustanciosa de mi patrimonio. En vano traté de dormir. Una suerte de paroxismo interior me sacudía, algo que no era impaciencia, ni deseo, ni terror, ni siquiera ambición o esperanzas de gloria y dominio. Algo me mantenía en vela, los ojos muy abiertos: tanto, como sólo había experimentado una vez, a los seis años. Y no sabía si mi espíritu se estremecía por la más extrema forma de gozo o desesperación humana. Me dije entonces que, en verdad, no tenía motivo para ninguna de las dos cosas: pues nada conocía que pudiera justificar, hasta tal punto, estado de ánimo semejante, intenté serenarme, cerrar los ojos, pero no conseguí ni lo uno ni lo otro.

Súbitamente, un terror centelleante pareció atravesarme las entrañas. No era terror a la muerte, ni a criatura alguna: algo atroz y difuso a un tiempo, que me hacía temblar, como un poseído. Por entre las ramas de los árboles donde me había amparado distinguí el brillo lejano y frío de diminutos astros. Y vi, claramente, infinidad de noches transparentes o esferas errantes: praderas de aire y fuego se deslizaban bajo mis pies y sobre mi cabeza, inundándome de un resplandor tan vivo como ningún fuego podía producir. Con lúcido estupor como si de un sueño largo y pesado renaciese, me pregunté hacia dónde rodarían mis noches, hacia dónde erraban o caían todos mis días conocidos y olvidados. Me pareció que por primera vez, a través de aquellas ramas, se me ofrecía la total y absoluta visión de la vida y del mundo. Y que en su resplandor yo persistía y renacía continuamente y aún más: eran parte de mí mismo. Luego, el fuego declinó y de nuevo se interpuso entre mis visiones y mis ojos la noche lisa y dura, con sus lejanísimas estrellas.

Me dormí entonces, con tal abandono y pesadez, que ya estaba muy entrado el día cuando el relincho y coceo de Krim-Caballo me despertaron. Abrí los ojos, dudé si había soñado o en verdad había visto aquellas cosas, y en esta duda continué mi camino, pero con ánimo tan conturbado que bien puedo decir que el muchacho que llegó al castillo de Mohl no era el mismo que salió de la hacienda de mi padre.

En una vuelta del camino los árboles clarearon, se ensancharon cielo y tierra y divisé nuevamente el brillo del Gran Río. Brotó entonces del fondo de la tierra un alarido, que reconocí. Un alarido desprovisto de humanidad, imposible de ser emitido por la garganta de animal alguno. Sólo las grutas o los abismos o el fondo de los océanos podían propagarlo así y sacudir –como en verdad creí que sucedía– desde el cielo a la tierra. Aquel grito me trajo la visión de un odre magullado, ardiente, ennegrecido y aventado hasta que el invierno borró sus huellas. Me así con fuerza a la cruz de mi montura, temiendo que algún rayo me derribase. Sudoroso, me esforcé en dominar el temblor de mis brazos y piernas.

Y entonces, invertida en las aguas del Gran Río, distinguí la silueta y las torres del castillo de Mohl. Por un instante creí presenciar, en el misterioso e incansable fluir de las aguas, cómo el mundo se vaciaba y volvía del revés. Mas luego descubrí mi error. Y apenas salido de mi angustia creí que nuevamente había perdido la voz.

No era así: gritando con todas mis fuerzas, espoleé mi montura. Y galopé, lleno de furia, de alegría y de estupor (del todo inmotivados) hacia el lugar donde, si así lo merecía, algún día sería investido caballero.

IV

JUEGOS GUERREROS

En el castillo del Barón Mohl hallé de nuevo a mis hermanos mayores. Tiempo hacía ya que fueron armados caballeros. Como tales, permanecían al servicio del Barón y formaban parte de su pequeña corte.

Me recibieron con despego y aun diría que franco disgusto. Jamás me habían amado lo más mínimo y recordaba los insultos, puntapiés y desprecio que me prodigaron en casa de mi padre. Desde muy niño les oí designarme como fruto repugnante de seniles concupiscencias, retoño de malsana longevidad y cosas del mismo o parecido tenor. Los encontré tal como los recordaba: inseparables entre sí, hoscos hacia el resto del mundo. Valientes hasta la crueldad, temerarios hasta la insensatez.

Eran altos y fuertes, pero no gallardos. Temidos, pero no respetados. Se apreciaba su fuerza y su valor, pero no eran estimados, y mucho menos amados. De forma que siendo en osadía y coraje lo más florido de las huestes del Barón, eran los menos distinguidos por él. Y de otro lado a ellos era a quien más entrega y sacrificios exigía. Notoria es, sin duda alguna, la falta de equidad con que eran tratados. Pero apenas bastaba una mirada sobre sus personas para que estas cosas pareciesen de todo punto merecidas y aun justificadas. No obstante, ellos tenían de sí mismos muy distinta opinión y tales injusticias enconaban aún más su carácter y más ensombrecían, si cabe, sus espíritus. Se esforzaban en todo momento por dar prueba de su fiereza y gran valor. En encuentros y juegos guerreros –a los que era muy aficionado el Barón Mohl– sobresalían con gran distancia de los demás. Pero jamás consiguieron un puesto de honor en la mesa de su señor (ni en parte alguna). De otro lado, ningún caballero o dignatario del castillo era más aborrecido por vasallos, pajes y sirvientes y, en suma, por todo componente de aquel vasto y poderoso dominio.

Huelga decir que se apresuraron a vengar sus rencores y descargar su amargura sobre mi agreste y recién llegada persona. Y he de señalar que, en el lujo y ornato desplegado en aquel castillo, mi aspecto vino a aumentar su humillación. Llenábales de vergüenza admitir que, bien a su pesar, al fin y al cabo yo era su hermano. Y ocurrió que mis innumerables torpezas recaían sobre ellos y mi zafia y salvaje persona los cubría de oprobio ante unas gentes tan alejadas del ambiente donde había crecido yo.

No hubo de pasar mucho tiempo, desde mi llegada, para que saltara a mis ojos la inmensa diferencia que había entre el castillo, modales y costumbres de un gran señor y el ambiente, costumbres, casa y persona de mi padre. Otros más lerdos que yo hubieran apreciado sin la más mínima dificultad semejantes distancias y tal vez sufrido, como sufrí yo, el aturdimiento y confusión que semejantes cosas me produjeron.

Inmediatamente hizo notar el Barón –aunque en aquel tiempo no me dirigía la palabra directamente– la extrañeza y disgusto que le causaba el que mi padre me hubiera enviado tan tarde y en tan agreste estado a su servicio. Lo que le inducía a pensar cuánto había descuidado mi educación. Por un momento temí que me devolviera a mi padre. Tal vez pensó hacerlo, pero acaso porque apreciara la robustez de mi cuerpo, o porque descubriera en mi persona cualquier cosa de su agrado, el caso es que no lo hizo y me admitió en su grey. Antes empero me envió a lo que podría llamarse el más elemental pulimento de mis modales y aspecto. Con lo que me sentí en verdad muy mortificado, ya que fui objeto de burlas y chanzas por parte de los otros jóvenes escuderos que allí labraban méritos para –tal y como yo mismo aspiraba– ser en su día armados caballeros.

Lo cierto es que hube de comenzar mi vida en aquel lugar junto a muchachos mucho menores que yo –algunos de ellos, apenas rebasaban los ocho años–, y por el más somero y humillante principio. Así, en los primeros tiempos, se me entregó prácticamente en manos de las damas del castillo. Damas entre las que, como resulta presumible, dominaba y descollaba la propia Baronesa Mohl.

Ella fue quien tomó con verdadero interés mi persona, ella quien se ocupó y preocupó, en suma, de acelerar el vejatorio e inusitado aprendizaje que comúnmente sólo destinaban a los más tiernos principiantes y que se suponía yo debía desde hacía tiempo poseer. Suposición absolutamente errónea, pues milagro era ya –entonces tuve conciencia de ello– haber llegado allí con vida, o al menos con todos los huesos y miembros en su debido lugar.

Apenas pisé el recinto del castillo, pude apreciar la diferencia que existía entre la verdadera vida de un noble señor y la que yo arrastrara hasta entonces. Como principio señalaré que aquello que mi propio padre tenía por fortaleza –y aun castillo– no pasaba de ser una destartalada y sucia granja, medianamente protegida por toscas empalizadas donde escaseaba la piedra y sobraba la madera podrida. Y aquel tosco y sombrío torreón que tan orgullosamente se erguía por sobre las antiguas habitaciones de mis abuelos, así como su mezquino recinto y tierra toda, no alcanzaba ni en proporciones, ni en solemnidad, a la más humilde dependencia del castillo de Mohl. Y ni que decir tiene, cuanto había fuera y dentro de él no tenía punto de comparación con todo lo que hasta aquel momento yo había conocido.

Largas y sólidas murallas de piedra, rodeadas de un foso, daban acceso al recinto interior del castillo, al que se entraba a través de una gran puerta de hierro, con puente levadizo, flanqueada por dos estrechas y altas torres. Allí se alojaban los soldados de Mohl, y estos soldados vestían con decencia, ostentaban los colores de su señor y aparecían bien armados y nutridos. En nada recordaban a los desechos humanos, cosidos a cicatrices (y algunos hasta mutilados) que a fuerza de adular y llenar su cabeza con lances, hazañas y glorias fantasmales, subsistían en torno a mi padre.

Tras aquella imponente fortaleza exterior, se alzaba otra

empalizada de madera, pero sólida y bien aguzada. El recinto interior (que tenía cuatro grandes torres y otras muchas dependencias) albergaba una granja tres veces mayor que la nuestra, con establos y cuadras repletas de reses y hermosos caballos. Vivían allí dos herreros, tres alfareros, varios carpinteros, albañiles y toda clase de gentes afanadas en las mil tareas que la vida de tal señor exigía. Adosadas a la muralla exterior, junto al foso y en la pendiente que descendía desde su altozano hasta el Gran Río, apiñábanse multitud de cabañas donde vivían los siervos y otra mucha gente que trabajaba para él.

No lejos divisábanse los burgos y las villas nacidas a cobijo del castillo que les defendía. Y todos se afanaban sin reposo en servir a tan grande e imponente dueño de sus vidas y haciendas.

En verdad, Mohl era un hombre importante y puedo asegurar que jamás había visto otro parecido a él. Compartían su vida en el castillo muchos caballeros y escuderos de reconocida nobleza, pero ninguno podía compararse a Mohl en gallardía, imponente figura, regios ademanes y autoridad singular. Amén de la riqueza y poderío que le hacían tan temido como respetado. Ni tan sólo el Gran Rey (caso de haberse personado en tan lejano punto de sus dominios y acordado alguna vez de nuestras vidas) hubiera empalidecido semejante prestigio.

La torre donde habitaban el Barón, su familia y la pequeña corte que le rodeaba, era la más grande y lujosa o así me lo pareció a mí que pudiera imaginarse. Y en ella se desarrolló mi vida desde entonces.

En un principio realicé las funciones de paje de las damas. La Baronesa era una mujer alta y hermosísima, de cabello tan suave, brillante y dorado que parecía metal bruñido. Hacía peinar por sus doncellas, con gran ostentación, sus largas trenzas, artísticamente entrelazadas en cordones de diverso color (aunque solía preferir el blanco). Su tez era tan pálida que a menudo parecía transparentar sus huesos. Y tenía cejas altas y muy bien curvadas, lo que daba una expresión de continuo asombro, o extrañeza un poco burlona a sus ojos de color de miel (un tanto fijos y como atónitos). Pocas mujeres había tenido yo ocasión de conocer. Mi madre fue la única dama, propiamente dicha, que alcanzaron mis ojos hasta aquel momento. Y al recordar y comparar su cuerpo breve y nervudo, sus indiscretos ojos negros –bastante impíos–, su boca fruncida y su naturaleza áspera y lenguaraz, tuve para mí que la aseveración oída tanto a campesinos como a caballeros, de que todas las mujeres son iguales, debió cocerse en molleras muy hueras. No obstante y sin mengua de tanta mesura y elegante porte, el primer «Dios te guarde» con que me acogió la Baronesa fue la orden de que me zambullera en una cuba llena de agua y refregara mi cuerpo y rostro «hasta darle –según dijo– oportunidad de conocer el color de mi verdadera piel». Con gran empeño en complacerla, aunque un tanto asombrado, cumplí este cometido. Luego, me entregaron un jubón con los colores del Barón Mohl. Y éste, aunque resultó algo molesto –ceñía de tal modo bajo los brazos y en el cuello, que no permitía expansión suficiente a mi habitual holgura de movimientos–, me envaneció, sin saber con exactitud por qué razón. Luego, la Baronesa ordenó a sus doncellas que desenmarañasen mi cabello, lo cual resultó operación en verdad tan dolorosa para mí como para ellas. Desanimada al fin ante lo arduo –y hasta peligroso– de semejante capricho, hizo llamar al barbero, para que lo cortara según sus indicaciones. Lo que me apenó, pues estaba ya acostumbrado a los mechones que caían aquí y allá y que, dada mi hosca naturaleza, servían para ocultar el rostro según la ocasión conviniera. Esta tarea fue en verdad ingrata y para mí muy vejatoria ya que constituyó una regocijada diversión para la Baronesa, sus doncellas y damas. Sobre todo me molestó porque entre ellas se hallaban dos jóvenes sobrinas aproximadamente de mi edad y pude oír cómo cuchicheaban con gran aspaviento, que yo olía a cabra, jabalí y leña ahumada. Cosa que me irritó tanto como sumió en gran estupor, pues jamás pensé que tales olores pudieran chocar, ni aún menos ofender a nadie, ya que a mí no me resultaban en absoluto desagradables. A la par, me causó extrañeza que tan finos olfatos no hubieran percibido también otros muchos de los variados aromas que expelía mi persona, tales como el sebo con que me frotaba los brazos y piernas –Krim-Guerrero decía que esto los reforzaba–, o el del queso algo rancio que llenaba mis bolsillos.

Poco a poco, aprendía a salir de tamaños –y otros aún mayores– errores y aberraciones. La Baronesa me enseñó a pulsar el arpa, cosa en la que, confieso, no llegué a descollar, ni aun aprender medianamente. Y aunque muchos fueron sus esfuerzos por enseñarme a cantar, sólo llegué a emitir ciertos sonidos que, según la misma Baronesa apreció, poseían escasa semejanza con los comunmente producidos por garganta humana. No debo insistir en el hecho de que estas cosas me parecieron tan fútiles –si es que no necias–, que durante aquellos primeros tiempos de mi vida en el castillo fue creciendo mi amargura y despecho hasta tal punto que pensé más me valía ensillar a Krim-Caballo y partir por esos mundos en busca de otro noble señor que, sin exigir a sus escuderos tanto remilgo y hueros aprendizajes, me preparase como yo esperaba. Esto es: a portarme como guerrero valiente y caballero digno. Sólo el pensamiento (y certeza) de que con tal huida daría una gran satisfacción a mis hermanos, detuvo mis impulsos.

Día a día fui, si no amoldándome, al menos resignándome a tan peregrinas enseñanzas. Y así puse empeño en avanzar cuanto pudiese en amaestramientos tan insulsos. Pues me decía, debía tomar estas cosas como quien se enfrenta a una complicada aunque estúpida y menuda pero necesaria batalla. Sólo tras su victoria alcanzaría un puesto en el grande y verdadero combate.

De este modo, me enseñaron y aprendí a moderar mis expresiones, voz y ademanes. A comer con dignidad y elegancia: tomando las porciones de comida con el índice y el pulgar de la mano derecha –y no a puñados, como solía–, sin verter salsa o grasa en mi traje, ni dejar churretes esparcidos aquí y allá. Procuré, según me aconsejaban, no dar rienda suelta a explosiones intempestivas de disgusto –tampoco de risa eran aconsejables, pero en mi caso no era necesario reprimirla, puesto que no me reía nunca–. Escuché canciones, lecturas poéticas y pasajes de la Biblia sin roncar, y me instruí, día a día, en otras menudencias que me hicieron reflexionar sobre lo contradictorio y en verdad misterioso de esta vida. Pues, a juzgar por lo que veía hacer a la mayoría de caballeros y escuderos, estas cosas (que sin duda les habían inculcado y probablemente llegaron a aprender a tierna edad) en su habitual comportamiento brillaban por su ausencia.

No resultaba de todos modos tan muelle o vana la totalidad de mi jornada. Entre mis muchas obligaciones junto a la Baronesa, las había bastante más pesadas. A menudo me encargaba cuidar su caballo o su jauría y acompañarla en pequeñas cacerías. He de admitir que, pese a la fragilidad de su apariencia, era mujer muy dura y hasta cruel, pues alguna vez se ensañó con su presa, o así me lo pareció. Y éstas fueron las únicas ocasiones en que la vi sonreír. Con ello, tuve oportunidad de sorprenderme ante la largura y delgadez de sus blanquísimos dientes.

Por lo demás, se mostraba muy delicada. No tejía lana, ni hilaba, como mi madre: sólo bordaba, o se ocupaba de labores harto complicadas. Y huelga añadir que jamás vi entre sus manos la vaina de una legumbre. Pero no tardé en sospechar que mi señora no amaba las tareas exquisitas y, por el contrario, prefería galopar en su caballo y cazar. Sentía verdadero placer y entusiasmo al presenciar los encuentros de caballeros y los ejercicios o juegos guerreros que, con mucha frecuencia, se celebraban en el castillo.

Esta primera época en dominios de Mohl fue la única en que mis hermanos me dejaron relativamente tranquilo. E incluso llegué a imaginar que me habían olvidado. (Cosa, para mi mal, del todo falsa.)

Al fin, más pronto de lo que suponía, la Baronesa consideró que ya había alcanzado suficientes conocimientos a su lado, y pasé al aprendizaje propio de un joven escudero, entre muchachos de mi misma edad. Pero no por ello dejó de llamarme a menudo. Y disponía de mis servicios con más frecuencia de la que yo hubiera deseado.

La primavera se mostraba espléndida y en sazón. En las grandes praderas, junto al río, la hierba se mecía, alta y verde. Y los juncos de las riberas brillaban, como delgados ejércitos de lanzas, entre los arces y los abedules. Una selva espesa y negra se extendía hacia el norte, atravesada por gritos misteriosos y sensuales de pájaros, u otras desconocidas criaturas, según oí decir. Hacia la estepa, tras las dunas, el mundo parecía infinito y a menudo lo observaba yo con inquietud y deseo mezclados. Amaba tanto las planicies como los árboles y la caza. Y si torpe fue mi educación en cuanto a maneras cortesanas y señoriales, no así mi vida solitaria en los bosquecillos y praderas que rodeaban el pequeño dominio paterno. De suerte que muy pronto me destaqué entre los escuderos por la fuerza y habilidad de mi brazo, tanto en el manejo de las armas como en cualquier otra empresa de habilidad y destreza. Y puedo asegurar que entre todos los jóvenes nobles que conmigo llevaban a cabo su aprendizaje de futuros caballeros, fui el mejor jinete y el mejor cazador. En estas cosas logró al fin explayarse y desarrollarse mi naturaleza, e incluso gozar en ello: de suerte que mi existencia en el castillo empezó a tornarse no sólo soportable, sino, en ocasiones, henchida de alicientes y hasta hermosa.

Hube de aprender aún muchas cosas que ignoraba, y perfeccionar otras, ya conocidas. Me enseñaron a cabalgar con mejor estilo y eficacia, a defenderme y parar los golpes tan sólo con mi escudo, sin usar la espada, destinada únicamente a abrir o traspasar la carne. Hube también de pasar por las lecciones del capellán y con gran asombro mío, aprendí fácilmente a leer. Asombro que fue compartido por todos –nadie, supongo, imaginaba que yo pudiera conseguir semejante cosa– pues, incluso, llamó la atención del Barón.

De esta forma pasaron la primavera y el verano. Y cuando entró el otoño, a menudo me hicieron leer en voz alta durante las veladas nocturnas. Y esto no sólo no me molestó, sino que incluso llegó a agradarme de forma insospechada. Pero el propio capellán me dijo que un noble guerrero no precisa en demasía saber leer, y así lo comprendí. De forma que una vez aprendí algo de Matemáticas, Geografía, y unas cuantas oraciones en latín, este aspecto de mi educación no alcanzó mayores vuelos.

Por contra, mis sentimientos de cazador y jinete se agudizaron. Aprendí a diferenciar las distintas señales y llamadas de los cuernos de caza, a manejar debidamente la jabalina –las gentes del Barón cazaban sin escrúpulo alguno el jabalí– y apoyar su extremo en el suelo, de forma que pudiera resistir el peso de la bestia. Afiné aún más la puntería, me instruí en el amaestramiento de los halcones de Mohl –su halconería era famosa, y en verdad la más nutrida y valiosa que pueda imaginarse–. Jamás volví a matar un corzo menor de ocho años, ni hostigar (y menos aún dar muerte) a cualquier animal en época de celo. Entre otras muchas cosas, en fin, llegué a gobernar y aun dominar la jauría, y a cuidar mi caballo como era debido, si éste caía enfermo, o herido: pues entendí que la vida de todo caballero depende grandemente de su montura.

Erguido como un huso sobre la silla, durante largas galopadas salvé zanjas, filas de empalizadas e incluso muros. Empuñé una espada desgastada por el uso, de punta cien mil veces afilada, con la que endurecía la fuerza de mi brazo ya que, sonada la hora del verdadero combate, blandiría una mucho más pesada en torno a mi cuerpo. Supe manejar la maza, el hacha y la bola con bastante brío y tino. Y, sobre todo esto, me adiestré con especial cuidado en el manejo de la lanza. Usé siempre aquella que mi padre encargó para mí, con mango de fresno y afilada punta. Llegué a portarla debidamente en mi diestra y apuntalarla sobre la cabeza de mi caballo, de forma que el escudo pudiera protegernos a ambos en el momento de la carga. Este ejercicio constituía un complejo y minucioso arte, nada fácil. Pues mucho ejercicio precisé hasta llegarla a balancear con el tino preciso y, en el último instante, arrojarla con la debida fuerza. Para este ejercicio –que entre todos prefería y en el que con gran ventaja sobresalí entre mis compañeros– había dos clases de entrenamientos: el uno consistía en lanzarse a caballo sobre una tinaja, hincada en tierra y provista de movibles brazos. Uno de los cuales portaba una bola encadenada. Si se erraba el blanco, el brazo armado giraba en redondo, con riesgo de golpear al jinete y aun de abrirle la cabeza, como más de una vez ocurrió. El segundo adiestramiento consistía en el ejercicio llamado del anillo: un aro pendía de una cuerda y tras embestirlo a caballo, debía quedar ensartado en la punta de la lanza. Este difícil adiestramiento solía contemplarlo con particular (y aun diría que exaltado) interés, mi señor el Barón Mohl.

De este modo, aunque aún no nos estaba permitido participar activamente en los duelos y juegos guerreros, podíamos tomar parte en ellos como escuderos de ambos contrincantes, y adiestrarnos así en sus mil agudezas y sagacidades.

Continué descollando de tal guisa en todas estas cosas, que muy pronto desperté la admiración de algunos y la envidia de los más. De suerte que conocí también el sentimiento del orgullo y la supremacía de la fuerza. Se afinó mi instinto de defensa y alerta y, en fin, de todos mis sentidos. Pues no en vano percibía a mi alrededor el aleteo de una vaga, pero indudable amenaza. Aunque no sabía propiamente su motivo, ni de dónde partía (ni puse mucho empeño en averiguarlo).

Jamás volví a designar groseramente un apareamiento de perros y distinguí con propiedad jaurías, rebaños y bandadas, sin nombrar a todos los grupos animales, como tan burdamente solía, de una forma: montones (dado las burlas e insultos que en principio tan primitivo lenguaje me valieron).

En estos afanes pasó el tiempo y llegó el invierno. Grandes nevadas rodearon el castillo. Parecían aislarlo del mundo. En la forzada reclusión, aprendí a jugar al ajedrez y a los dados. Y también, por vez primera, a servir a mi señor.

Había tres aspectos a elegir en este aprendizaje: atender a su mesa, su cuadra o la propia alcoba y persona del Barón (en cuyo caso, debíase poner bajo las órdenes del Caballero Ortwin, su Ayudante Personal, señor que desde muy antiguo ostentaba tan honroso, al parecer, cometido). En verdad, el mismo Mohl resolvía generalmente estas dudas. Con voz que no admitía apelación, ordenaba quiénes debían desempeñar con mayor o menor asiduidad tales menesteres. Pronto entendí que me había destinado, con preferencia –y así fue durante mucho tiempo–, al servicio de su mesa. Con lo que tuve que adiestrarme concienzudamente en el arte de cortar el pan como él tenía mandado y mucho le placía contemplar: las rebanadas debían deslizarse con suavidad por el filo del cuchillo y saltar sobre la punta hasta su mano. Debo señalar que era diestro en recogerlas en el aire. Aprendí a servir el vino sin derramar una sola gota y a seccionar las diferentes clases de carnes y aves que comía –cabritos, patos, ocas, gallinas y pollos; ciervos, e incluso, jabalí–. Cada una cortada y dispuesta de distinta forma en los platos, según convenía a su clase y calidad. Fueron éstas unas obligaciones en modo alguno fáciles. Y mucho me extrañó que otros muchachos, más hábiles que yo en semejantes menesteres, no fueran preferidos por mi señor en tan engorrosas tareas. Durante estas comidas, debía concentrar todos mis sentidos en las manos o en los menores gestos del Barón. De pie junto a su silla, con un lienzo al brazo –que le ofrecía cuando deseaba enjugarse los dedos–, puedo jurar que me sentía muy desplazado e inquieto. Más de una torpeza cometí; pero en vano esperé que, por ello, me relevaran de aquel puesto.

La estancia más importante del castillo de Mohl la constituía, sin duda alguna, la sala destinada a las comidas y cenas. Era amplia, pero con ventanas tan pequeñas y estrechas, que, dado la cantidad de gente allí congregada –amén del gran fuego que siempre ardía dentro–, a menudo el aire se hacía irrespirable; y a ello contribuía no poco el humo y el olor de los asados, que solían llegar desde la cocina. A la derecha de la mesa de Mohl, tras un biombo, guardábase el pan, el vino y varias clases de viandas. El suelo aparecía cubierto con esterilla de finos juncos y así los residuos de comida y los orines, o los excrementos de los perros –Mohl no se separaba nunca de su jauría, que jadeaba amorosamente a su espalda–, quedaban muy bien enjugados y aun disimulados. La mesa de Mohl se armaba como las otras, sobre caballetes, pero alzada en una plataforma, de modo que quedase por encima de las cabezas de todos sus comensales. Esto prestaba a su figura un aire aún más poderoso. E inspiraba toda su persona gran suntuosidad y respeto.

Durante las comidas, Mohl solía conversar abundantemente,

pero sin que diera la impresión de acaparar excesivamente la atención, o de abusar de su autoridad (como, en rigor, hacía). Procuraba invitar a casi todos a participar en sus pláticas: demandando respuestas y aun provocando sutilmente opiniones diversas a la suya. En estas comidas (en verdad muy largas) la conversación se desarrollaba libre y extensamente. Y mi señor ponía cuidado en que su voz no sufriese alteraciones demasiado vivas. Llevaba pocas joyas: sólo una gruesa cadena de oro al cuello y en su índice algún anillo con los signos de la Caballería, o su propio escudo. Generalmente, el tono de su voz componía una rara mezcla de altivez y dulzura, pese a la energía que serpenteaba en ella. Pero había algo muy chocante en mi señor. De improviso se aunaban a estas virtudes otras particularidades de más notoria agresividad (e incluso brutal tinte), muy sorprendentes en caballero tan lleno de mesura. Así, en ocasiones, brusca y en verdad bronca –hasta me atrevería a decir que grosera– saltaba su risa. Una risa tan infrecuente como estremecedora, que tenía el don de alejar en quienes la escuchaban toda sospecha o ánimo de regocijo. Según pude apreciar, esta explosión de sentimiento, tan poco acorde con su natural compostura, tenía la virtud de esparcir en sus oyentes un silencio muy ostensible y cuajado de temor. Como si aquella risa fuera preludio o augurio de muy poco estimulantes consecuencias. Después de oírla, costaba un verdadero esfuerzo romper el silencio y proseguir cualquier tema. La otra particularidad (también inesperada, pues ningún incidente o comentario anterior daba lugar a suponerlo), era la importuna inclusión de relatos o recuerdos guerreros narrados con tal minucia y delectación en sus más cruentos pormenores (la forma detallada, por ejemplo, de cómo llevó a cabo la muerte de un rival derrotado, o el tormento elegido para un castigo ejemplar) que oírle erizaba el pelo. En estas ocasiones, tras su máscara prudente y bien compuesta, creí percibir estallando de ahogo, una naturaleza cruel y casi tan salvaje como la mía. Pese a que, oyéndole, un largo escalofrío recorría mi espalda –y he de admitir que esto ocurría muy raramente–, me sentí fuertemente atraído por aquel aspecto tan inusitado en la naturaleza de mi señor. Mucho más atraído por esto que por las cualidades de equidad, señorío y buenos modales que, por otra parte, le daban justa fama. (Más tarde tuve constatación de este amordazado aspecto de su ser. Y llegué a comprender que se trataba del más pujante o acaso verdadero de su persona.)

En el curso de tales comidas y conversaciones, muchas cosas aprendí, entreví, y aun confusamente adiviné. Y llegué –como todos– a acostumbrarme al lenguaje de mi señor, que pasaba con facilidad y ligereza envidiable (o al menos sorprendente) del tema delicado, incluso poético, al más feroz de los delirios guerreros.

De otra parte, mi señor era tan refinado que jamás le vi sonarse, ni pegar a sus sirvientes, ni orinar en el suelo, ni llorar ruidosamente –aun tras las muchas libaciones–. No se embriagaba nunca de forma tan indecorosa que rozara la dignidad y aplomo de su continente y cuando arrojaba los huesos sobrantes de su plato, lo hacía siempre en dirección a su jauría (que amaba muy sinceramente) y cuyos componentes permanecían alerta, sentados sobre las patas traseras. En suma, y sin desdoro de la verdad, aseguro que mi señor no se parecía a ningún hombre, noble o villano, de cuantos conocí.

Cuando las cenas terminaban, los escuderos y pajes recogíamos las mesas, tableros y caballetes. Una vez arrimados a los muros, nos tendíamos en el suelo para dormir, a ser posible cerca del fuego. Allí me sentía muy abrigado y confortable. Lejos quedaban ya las duras noches junto a caminantes y mendigos, bajo la escalera del mugriento torreón de mi padre. De las paredes pendían escudos, lanzas y trofeos de caza o guerra.

Cascos, espadas y armas de todo tipo, encendían mi admiración y codicia. Cuando todos dormían, a menudo permanecía mucho rato con los ojos abiertos contemplando el fulgor de las llamas en el bruñido metal, o escuchando rugir al viento en torno a la torre. Era la única hora de mi jornada –en verdad sin resquicio para holganzas– en que una tenue melancolía me llegaba: como en aquella ocasión, tras la vendimia, y en brazos de la mujer del herrero.

Así, en la forzada reclusión y promiscuidad a que nos obligaba el invierno, empecé a intuir (y constatar) algunos aspectos antes inadvertidos del verdadero carácter y naturaleza del Barón Mohl. Y también de mi señora, la Baronesa. De suerte que muchos rumores y murmuraciones llegaron a mis oídos. Y muchas cosas descubrieron por primera vez mis ojos (y mis sentidos).

V

HISTORIAS DE OGROS

Existían muchos aspectos de la humana vida, harto conocidos por la mayoría de los muchachos de mi edad –y aún más pequeños– y que yo, apenas salido de la salvaje soledad de mi infancia, ignoraba completamente. Debe disculparse tal ignorancia en gracia al hecho de que, hasta mi llegada al castillo, jamás tuve oportunidad –si exceptúo aquel joven trotamundos que me robó el cuchillo– de acabar una frase completa con alguna criatura, no digo ya de mi edad y condición, sino siquiera humana. Hasta el momento, sólo Krim-Caballo fue mi mudo oyente. En cuanto al tropel de desventurados que rodeaba a mi padre y cuya cháchara, espectralmente acribillada de hazañas muertas, adormecía sus veladas, apenas me daban acceso a muy sucintas intervenciones.

El caso es que, hasta aquel invierno, apenas tuve noticia de la existencia de criaturas entre humanas y bestias, entre divinas e infernales, que poblaban el mundo. Muchas de las cuales, sin duda alguna, convivían de manera más o menos disimulada entre los hombres. Sólo en algunas ocasiones, durante aquellas inolvidables veladas invernales, mientras escuchaba relatos de este tipo, resurgían en mi memoria ciertas fábulas que adormecieron mis sueños de niño: ora canturreadas por mi madre, ora por sus sirvientas.

En las veladas del castillo, al abrigo de la lumbre, mientras el viento y la nieve se arremolinaban en la noche invernal, muchas historias y sucedidos de esta clase fueron abriendo mis ojos y aguzando mis oídos. Y así, tales criaturas llegaron a ser tan minuciosamente conocidas por mí como por el más avisado en tales cuestiones.

Cierta mañana muy especial, apenas amanecido, fui requerido por la Baronesa, mi señora, para que ensillase su montura y la acompañara, a pesar de los hielos que endurecían y hacían resbaladizos los caminos, en una de sus singulares correrías. Al ayudarla a montar sentí el filo de unas afiladas uñas en mi mano. Y al tiempo que mi señora ordenaba ciñese a sus piernas la manta de pieles, surgió de ésta una mano delgada y palidísima, rematada por menudos y rosados puñales. Desnuda de su guante, aquella mano me produjo una rara exaltación, donde se agitaban muy oscuros y placenteros devaneos. Pues, súbitamente desprovista de sus habituales tapujos, aquella mano me pareció encarnar la desnudez total de mi señora (cosa que, hasta aquel momento, ni me atreví a imaginar). Alcé los ojos hacia ella: su cabeza rubia y lisa como pálido metal aparecía también libre del capuchón de pieles. Se recortaba nítida, casi cruelmente, bajo un cielo tan reluciente como escudo frotado con arena. La mano de la Baronesa oprimió la mía contra la manta de piel y sentí bajo mi palma su rodilla (que imaginé, de pronto, desnuda y tersa como la de un niño). Entonces, mi señora sonrió. Y esto era en ella tan extraordinario –que yo supiera, no había pieza en que ensañarse, todavía– que me llenó de pavor. Por segunda vez, a la luz rosada del amanecer vi sus dientes. Y me parecieron teñidos por un resplandor de sangre, delicada y fresca, pero muy cruenta. Era, empero, una sangre que yo conocía: y en su rara sonrisa se mezclaron estremecedoramente el jugo de las moras, el primer jabalí a quien di muerte y la triste mueca de la mujer del herrero (aquella vez que tan brutal como injustificadamente la apaleé). Sentí entonces un vértigo desmesurado, de todo punto impropio, al extremo de que hube de aferrarme a la montura de mi señora para no rodar por el suelo. Un viejo y conocido terror ascendió desde mis entrañas, paralizando mis brazos y piernas. Y si no fuera por las pacientes enseñanzas de la propia Baronesa (que tanto me recomendaron mesura en los gestos y disimulo en todas las intemperancias, tanto propias como ajenas) hubiera roto en aullidos y tal vez llegado a revolcarme por el suelo (como en los tiempos en que a tales desmanes de mi naturaleza, mi madre aplicaba remedios harto contundentes, aunque de indudable efi cacia).

En lugar de las pasadas jerigonzas, atiné, con claridad en verdad extraordinaria dada la confusión en que se sumiera mi entendimiento, que no eran tan desatinadas y hueras las enseñanzas de mi señora. Y con este juicioso pensamiento en el meollo rodé a tierra, supongo que con la máxima dignidad asimilada en las antedichas lecciones y consejos.

Lo primero que al abrir los ojos apreciaron mis sentidos fue una antigua sensación, conocida por mí cierto día de vendimia. Aquella que, por breve tiempo, me hizo creer la más viva y desatada criatura de la tierra. Como entonces, unas manos recorrían mi cuerpo y también como entonces parecían las primeras manos que acercaban su calor a mi calor. Por contra, por única vez en mi vida me repugnó el olor a estiércol que invadía el aire. Estaba aterido, en verdad helado. Y creo que temblaba, pues así me lo hizo notar el violento castañeteo de mis dientes. No obstante, un recelo y una cautela infinitas (también agudizadas en la convivencia con aquellas, al menos para mí, singulares gentes del castillo) me aconsejaban la mayor prudencia. Pero sabía que mi sangre galopaba sin freno y que mi corazón coceaba furioso en un recinto cada vez más estrecho e insuficiente para cobijarlo. Pues lo sentía, en verdad, como fiera enjaulada, pugnando por romper lo que le separaba de aquella libertad sin límites, de aquel ácido y violento goce que conocí una sola vez: cuando aplastaba, bajo los pies, las uvas del lagar. Mas sabía bien cuán lejos quedaba de mí aquel vino, aquel instante hermoso y cruel en que me convertí, aun por tiempo tan breve, en el amo de la tierra, el aire, el mar y el fuego.

Llegó hasta mí entonces una más cercana y reconocible sensación: la de unas uñas finas, afiladas como garras de halcón, que arañaban nuevamente mi piel. Luego, oí decir a la Baronesa:

–Dime cuál es tu verdadera edad. Si eres mayor de lo que confiesas, no temas, nadie lo sabrá. Pues tú no eres culpable de que hayan descuidado tu persona de tal modo... Y asombra y place que un alma cándida y salvaje se halle encadenada a cuerpo tan gallardo y varonil. Uno de los más gallardos, apuestos, nobles y valientes que vieron mis ojos.

Tras estas palabras, sentí un oscuro estremecimiento. Y al fin murmuré:

—Tengo catorce años.

Todo lo que sucedía me dejaba atónito. Pero tal vez el mismo asombro sirvió de afilado puñal, y rasgó la casi voluntaria ignorancia en que me cobijaba. Entreabrí los párpados y vi (como jamás hubiera imaginado ver tan noble dama) a mi señora sentada sobre el heno en que yo mismo me hallaba tendido. Y como no vi palafrenero o criado alguno, se me ocurrió que no parecía normal en tan delicada criatura la posibilidad de que ella misma me hubiera transportado en brazos hasta aquel lugar. Por lo que volví muy cautamente a cerrar los ojos, diciéndome (ignoro por qué razón semejante idea me tranquilizaba) que, con toda seguridad, me habría arrastrado sin miramientos por el suelo como a una piel de zorro, hasta arrojarme en aquel montón de heno, como pudo haberlo hecho en cualquier otro lugar.

No estaba en las caballerizas. Un vagido amable y animal llegó a mis oídos y luego otro. Y como nada más lejos de mi mente que la sospecha de que tal sonido (por cálido y entrañable que me resultara) hubiera surgido de labios tan delicados y señoriales como los de la Baronesa, comprendí que me hallaba en el establo, entre las vacas y bueyes que componían una parte de la nutrida hacienda Mohl. Además, para un campesino como yo, inconfundible resulta el aire caliente que en tales lugares se respira, aun en el rigor del invierno: pues más de una noche helada, con mi silla de montar a hombros —único bien que poseía en esta tierra—, hube de refugiarme entre las cabras de mi padre y en su compañía pasar abrigadamente muchas de mis noches.

La Baronesa me zarandeó entonces, con escaso mimo. Y en aquella sacudida rememoré los convincentes remedios que en circunstancias, si no iguales, al menos parecidas, solía aplicarme mi madre. Así que torné a abrir los ojos y clavé en ella una mirada que, tengo para mí, fue de simple terror. Ella no lo estimó así, ya que murmuró:

–Jamás vi en criatura alguna ojos tan fieros y osados...

Dicho lo cual me estrujó entre sus brazos –que eran tan finos y delgados como fuertes, tal como los adiviné al verla tensar el arco–. Y sentí sus delgados y agudos dientes sobre mis labios, rostro y cuello y aun sobre varios puntos más de mi persona que el mismo asombro que sentía (y aun a esta distancia me alcanza) me impiden enumerar con más detalle.

Sólo puedo asegurar, sin menoscabo de la verdad más rigurosa, que en medio de tan tempestuosas efusiones un nombre se repetía y golpeaba como timbal de guerra en mi sesera: «Ogresa, ogresa, ogresa...».

Turbiamente inmerso en la densidad de una reconocida embriaguez –pero ahora exenta de toda impresión de libertad y, por contra, encadenada a la muy ciega y hasta lúgubre posesión de que me sentía objeto–, atiné aún a decirme, como una suerte de explicación que, en verdad, nadie pedía, que la Baronesa no salía a galopar o cazar en el invierno helado, sino a devorar inocentes criaturas. A desgarrar carnes con sus finas y curvadas uñas y a hundir los afilados colmillos en sus entrañas, según yo mismo constataba.

Luego de un rato en que anduvo devorándome a medias, me preguntó mi señora si conocí mujer antes de aquel momento. Y como la pequeña herrera me parecía un ser totalmente inasociable al que ella me mostraba, nada contesté. Pues, en rigor, no podía saberlo. Y cuando lentamente fue desprendiéndose de mis sentidos la rara luz nocturna (teñida en sangre y humo de hojarascas remotamente otoñales, rojas y viscosas en el cieno donde innumerables viñadores pisoteaban negras moras de cerco azul y carnosos labios) me hallé tan solo, tan vacío de mí mismo, como aquellos derrotados reyes que (según oí a los mercenarios) erraban por la estepa tras el espectro de su antiguo dominio. Únicamente acerté entonces a decirme que jamás hubiera sospechado en dama tan exigente en cuestiones olfativas, que eligiera un lugar semejante para iniciar su íntimo y devastador conocimiento de mi persona, por insignificante que ésta fuese. Aunque, según pude considerar, esa insignificancia no era tal, en opinión de tan altiva como brusca dama.

Volvió luego a insistir, con una contumacia que me pareció fuera de lugar, sobre la verdad de mis años. Y creo que deseaba le dijese, o mintiese, alguno más. Como todos los varones de mi familia, representaba bastantes más de los que contaba, pero yo era entonces muy inocente y sincero.

—No he engañado a nadie sobre la verdad de mi edad —repetí, neciamente—. ¡Tengo catorce años...!

Debí parecerle tan estúpido y loco o, en fin, tan singular, que una vez aplacadas sus tiernas furias, me besó en la frente, como a un niño. Y aun me ayudó a recoger y a vestir las esparcidas ropas, a alisar mis cabellos y a sacudir de mi persona toda brizna o vestigio de heno y —preciso es confesarlo— estiércol. Pues en los lances de la refriega, había rodado del uno al otro, sin apercibirme mayormente de ello.

Con todo lo cual, mi conocimiento de las mujeres iba tornándose cada vez más sorprendente.

Una vez restituidos cada uno a su lugar, empecé a creer que aquel incidente había sido fruto de algún desvarío causado por el frío, o el agotador trabajo a que, por lo común, nos sometían. Mi señora se comportaba con la misma frialdad y altivez que tenía por costumbre y nada en ella, en su porte o en su manera de dirigirse a mí, hacía presumir la apasionada y casi bestial criatura que en el establo me mostrara tan crudamente su indudable predilección. De suerte que hubiera jurado —lo haría hoy si fuera preciso (y no lo es)— que ni tan sólo el más leve recuerdo de aquel suceso rozaba, ya, su blanca frente. Como si con la última brizna de heno sacudida de mi persona y de la suya propia hubiera eliminado, también, toda memoria o huella en nuestras mentes (sobre todo, en la suya) de semejantes desafueros.

Sin embargo, algún tiempo después, cierta noche junto al fuego en que alguien me pidió que leyera en voz alta —cosa que yo hacía con placer y esmero—, sentí fijos en mí unos ojos que tenía por muy conocidos. El azoramiento me trabó la lengua, temblaron mis manos y en vano traté de atrapar algún retazo de las recién aprendidas normas sobre el dominio de los sentimientos, o la serenidad de que –al menos teóricamente– debe revestirse en todo momento un auténtico caballero. Antes de levantar mis ojos hacia el punto exacto de aquella abrasadora mirada, sabía lo que encontraría: en la penumbra lamida por el fuego de la estancia, relucían las amarillas pupilas de aquel animal medio sagrado medio infernal que veneraba mi padre. Entendí entonces por qué razón siempre me había estremecido y, en lo profundo de mi ser, de alguna manera reconocí aquellos ojos en los ojos de mi señora, la arrogante y contradictoria Baronesa.

Aquella noche no fue el establo el lugar elegido para nuestros turbulentos (a fuer que placenteros) desvaríos. Y también sangrientos. Pues mucho costó restañar de mi muy recorrida piel (por dulces que en determinados momentos se me antojaran) arañazos y huellas de colmillo.

Tuvo lugar este segundo encuentro en su propia alcoba y un inmenso terror me paralizaba al suponerla compartida por el Barón. Mas, con extrañeza y alivio, vi que no era así, que habíanla dividido por un espeso muro cubierto de tapices.

Al igual que en la anterior ocasión, en los días siguientes la actitud de la Baronesa no difirió en absoluto de su habitual y fría distancia; tenía justa fama de amable y cortés, pero se respiraba hielo a su lado.

Coincidió por aquellos días un contertulio que, en las veladas, narró con todo detalle la espeluznante historia de una Reina Ogresa. A través de aquel relato, me enteré de que sólo en determinados momentos esas criaturas transmutaban a tal condición: ignorándolo u olvidándolo, antes y después del trance. No me cupo ya la más ligera duda de que ogresa era también mi señora. Y por ogresa la tuve desde aquel día y para siempre.

Pero también desde entonces ya no pude dudar (como dudé, cuando ella me lo preguntara en el establo) sobre el hecho de haber llegado a conocer mujer. Y acto seguido, me nació un amor lacio y desesperanzado por una de las dos jóvenes sobrinas de mi señora: precisamente por la que menos caso me hacía.

He de señalar, no obstante, que si esta jovencita me hubiera dirigido una mirada ligeramente atenta, por leve que fuera, el susto, el asombro y el convencimiento de que las cosas no marchaban como debían habrían fulminado al instante tal sentimiento. Pero no hubo lugar a ello y aquel amor se esfumó, llegado el momento oportuno, tan inocuo y necio como vino.

Tras estos acontecimientos, sin duda importantes y reveladores, otros sucesos y descubrimientos tuvieron lugar. Como si en aquel invierno me hubiera llegado el turno de abrir los ojos, oídos, inteligencia y, en suma, despertar, por fin de mi embotada y cándida naturaleza.

Las próximas revelaciones tuvieron una estrecha relación con la persona de mi señor (y con otras muchas criaturas que a su alrededor vivían, alentaban o acechaban). Y llegué a decirme si estas cosas o estos seres eran causa de la constante amenaza que, desde que pisé el castillo, rondaba mis pasos y olisqueaba mi fino instinto de cazador.

En las primeras horas de la mañana, el Barón Mohl solía alimentarse muy frugalmente. Tras su despertar, sólo ingería pan y vino. Tras esta brevísima colación, efectuaba dos abundantes comidas durante la jornada, una al mediodía, otra a la noche. Pero su mesa permanecía abierta y dispuesta para acoger a cuantos llegaran y apetecieran catar sus manjares, o beber su vino.

Por ello, no sólo yo pude nutrirme abundantemente y hasta saciar sin tino viejas hambres infantiles, sino que tal generosidad –sobre todo en el invierno, que obligaba a la reclusión más tediosa en las moradas– atraía de continuo al castillo de Mohl la visita de nobles pobres, cuyos castillos o mansiones se esparcían por los contornos. Eran siempre bien acogidos por mi señor, alimentados y embriagados a su placer. De modo que comprendí muy bien la rigurosa puntualidad con que Mohl exigía a mi padre –y supongo que también a otros– su derecho al tercio en la cosecha de la vendimia. Pues en aquella fría latitud, en tocante a bebidas no inocentes sólo cerveza producía la tierra.

Sucedía entonces que una gran animación llenaba el torreón de mi señor. Envueltos en sus pieles, enrojecido de frío el rostro y amoratados los labios, llegaban visitantes de todos los puntos aun muy lejanos. Ansiosos, no sólo de las sustanciosas vituallas con que se resarcían de sus más o menos agudas parquedades, sino también porque en el castillo de mi señor ocurrían cosas amenas y singulares. Se jugaban diferentes y muy variados entretenimientos –adivinanzas, prendas, ajedrez, damas–, se oía música, se leían o narraban historias que iban desde las gestas guerreras o leyendas de nuestros remotos antepasados (cuyo paganismo era en apariencia menospreciado pero secretamente fascinante y aun deleitoso a todos) hasta los sucesos más misteriosos de nuestros días. Y aun en medio de tan rigurosa temperatura, si entre el nublado cielo llegaba a lucir el sol pálidamente, organizábanse galopadas, cacerías e incluso algún que otro encuentro de caballeros.

También llegaban muchos caminantes y truhanes a las puertas del castillo. Pero sólo tenían acceso a las estancias de mi señor los que podían ofrecer alguna curiosa habilidad: cantar, predecir el porvenir, o narrar historias, unas verdaderas, otras amañadas. Y aun venidos desde tierras muy distantes, acogió el Barón a juglares, bardos, y gentes de raza muy distinta a la nuestra: hombres de cabello negro, corto y rizado, que tensaban la flecha como nadie, galopaban de espaldas y tragaban antorchas ardientes, como si de inocentes avecillas se tratara (previamente asadas, se entiende). Y en cierta ocasión llegó un hombre de nariz aguileña y ojos de halcón que conocía la lengua del sol, de la luna y las estrellas. E inclusive platicó con ellos un ratito, muy plácidamente. Cosa que despertó la común maravilla.

Pues bien, a todos ellos atendía, escuchaba y hasta aplaudía mi señor. Y aunque, como es natural, unos le placían más que otros, y alguno quizá le defraudó, pues en alguna ocasión le vi bostezar recatadamente tras sus negros guantes, todos partían de su casa muy bien recompensados por sus esfuerzos. Y con el vientre suficientemente aprovisionado y hasta repleto, pues quién sabía cuándo, ni dónde, hallarían de nuevo tan generosa acogida. Debían resistir aún entre la nieve, el viento y el acoso de los lobos, jornadas y jornadas de camino.

Cuando el viento del invierno se enfurecía y cargaba contra los muros del castillo, en verdad que estremecía. Nada era el viento de nuestra tierra –protegida por el recodo del Gran Río, a cuyo amor se extendían los viñedos de mi padre– comparado a este otro viento, que envolvía y aun parecía, a veces, dispuesto a arrancar de cuajo almenas y torres. Levantaba la nieve en blancas polvaredas, tan ligeras como plumas, y, en la lejanía, las dunas semejaban una extraña fortaleza, que a trechos variaba su contorno: lo que –al menos para mí– le confería la amenaza de un inquietante y fantasmal ejército que avanzaba, dispuesto a no dejar piedra sobre piedra.

Erguido en su pequeño promontorio, el castillo de Mohl se mantenía como un desafío al viento, expuesto a su azote constante. Oyendo aquel rugido múltiple y ululante, a menudo sentía un largo escalofrío. Y me embargaba un espumoso terror, casi lánguido, al tiempo que se encendía mi ánimo en una oscura sed de matar o de aniquilar alguna cosa. Mas el blanco de tales exaltaciones no pude llegar a conocerlo nunca: ya que lo mismo abarcaba el mundo entero, que la desconocida y pavorosa sombra que inútilmente intentaba descifrar.

Pronto aprecié que durante las noches, o los días en que la furia del viento arreciaba –como si en ella se centrasen la ira, y el bramido de todas las guerras, o todas las vendimias, pasadas y futuras–, mi señora solía dar en ogresa. Y era en este viento donde súbitamente reconstruía el grito de mis seis años, frente a un árbol de fuego, cuando aparecían en la oscuridad de los corredores o en la blanca soledad de la nieve los rostros enjutos y los despiadados ojos de mis tres hermanos.

Seguían ocupando el último lugar en la mesa de Mohl y aquel invierno tuve varias ocasiones de comprobar con cuánta frecuencia éste les hacía objeto de su desdén. Un gran malestar me invadía entonces. Y si tropecé con ellos en las escaleras o en algún corredor, me golpearon sin motivo. Inútil era, en tales trances, que me revolviera como un lobo, que mordiera sus manos y tratara de atacarles con mi puñal. Solían sujetarme entre dos, mientras el tercero me apaleaba a su sabor. Y en este placer se turnaban con mucha escrupulosidad (desde los tiempos del reparto de muslos y alones, habíase agudizado grandemente su insobornable manía de aquilatar turnos y cantidades en cualquier cuestión). Yo notaba entonces cuánto les odiaba; y me juré que algún día, tal vez más pronto de lo que deseaba o parecía prudente, los mataría a los tres: uno a uno, en escrupuloso orden de edad y distribuyendo las puñaladas equitativamente, como correspondía a su ordenado sentido en el reparto de la vida y de la muerte.

Sin embargo, por aquellos días ocurrió algo que me dejó profundamente consternado y varió en mi ánimo la violencia de tales sentimientos.

Desde el primer instante en que hubimos de morar bajo el mismo techo, tuve oportunidades sin cuento para considerar el poco afecto que inspiraban mis hermanos en cualquiera criatura. Mi señora jamás les dirigía la palabra y bien entendí, por el modo como a veces les sorprendí mirándola, que alguno de ellos (o tal vez los tres) hubiera deseado ardientemente conocerla durante los ratos en que ella daba en ogresa. Esa clase de mirada ya no era indescifrable para mí, pues en las carnívoras correrías que efectué por el mundo de tales criaturas (no humanas o ferozmente humanas, que no sabría cómo mejor cuadra llamarlas), fui perfeccionando en gran medida tales distingos y sutilezas. Y puedo dar fe de ello, ya que la raza de los ogros (o al menos el ejemplar que me fue dado conocer) tienen de los humanos entresijos y de la disposición y buen juego de sus sentidos corporales, un muy singular conocimiento. Así como gran agudeza e infinitos recursos para despertarlos de su embotamiento (o simple candor). Y el candor y la ignorancia iba alejándose de mi vida, como se alejaba la infancia. Y la ruda y violenta naturaleza que me había distinguido –y aún me distingue– de los demás muchachos aguzaba día a día sus aristas.

A su vez, los otros jóvenes escuderos mostráronse ora afables, ora malévolos hacia mi persona. Y con estupor y extrañeza, recordaba el tiempo en que deseé entablar amistad, cruzar unas palabras o siquiera tener simple oportunidad de compartir y roer huesos con una criatura de mi especie. Ya no experimentaba ningún deseo de hablar con ellos, ni solía prolongar una conversación más allá de lo preciso. Por contra, más amaba y añoraba, día a día, la antigua soledad, la reflexión y los sueños. Si alguna vez cambié palabras con algún muchacho, fue sólo a causa de temas guerreros, lances de armas o caballería. Por lo demás, prefería la plática silenciosa con mis propios pensamientos o consideraciones de cualquier tipo: mano a mano con mis descubrimientos y revelaciones. Y guardaba todos mis atisbos con gran discreción y singular prudencia.

Como antes señalé, mis hermanos eran siempre los últimos en recibir distinción o muestra afectuosa alguna (si es que alguien se la hubiera prodigado, cosa que yo no presencié jamás). Pero sus esfuerzos para lograrlo eran tan grandes, que incluso resultaba extraño no fueran, al menos una vez, acreedores a una palabra, si no de halago, cuando menos reveladora de que alguien se había apercibido de tan patéticos afanes. Contrariamente a esta indiferencia y aun ignorancia de sus vidas, tan pronto se precisaba de la fuerza, o el valor, o el sacrificio, eran puntualmente elegidos por el Barón. En muy peligrosos y arriesgados trances los vi, durante mi vida entre aquellas gentes. Y justo es reconocer que de tan ingratas encomiendas salieron siempre airosos, y que las llevaron a cabo aún más cumplidamente de lo que de ellos se esperaba. De forma que no mentiría si aseguro que, en ocasiones, llegaron a excederse en el celo y cumplimiento de las misiones encargadas. Apaleaban, mataban, o castigaban muy sanguinaria y fríamente, sin vacilación ni temor alguno, a cuantos a tal efecto designaba mi señor. En recompensa, retornaban a la oscuridad, el olvido y el humillante último lugar en la mesa de Mohl. Jamás, empero, oí una queja de sus labios. Cosa que me hubiera parecido asaz comprensible, e incluso disculpable. Por lo que no vacilo en considerar que, después de todo, pese al rigor y poca honorabilidad con que solían celebrar nuestros encuentros o tropezones por los pasillos solitarios, puede llegarse a la conclusión –e incluso disculpa– de que eran muy desdichados.

Entre las muchas comprobaciones que tuve ocasión de verificar en aquel tiempo, destaca la que me hizo apreciar la gran distancia habida entre un soldado auténtico y lo que hasta entonces tuve por tal. Durante aquel invierno en que tantas veces la reclusión se hacía forzosa, pese a las muchas amenidades que se esforzaba en acumular la dueña del castillo, la vida se tornaba a menudo pesada, sofocante y monótona.

A despecho del ejemplo de los jóvenes escuderos –que lo juzgaban cosa desdeñable e impropia de un caballero– entablé entonces, si no amistad, cierta relación con los soldados de Mohl. Su vida y relatos me atraían más que cualquier otra distracción al alcance. Los dados fueron el mejor camino para llegar a un más profundo conocimiento entre ellos y yo. Y así, muchas noches, cuando mis nobles compañeros dormían abrigadamente en la sala de los ágapes, sobre la esterilla de junco, me alejé de allí con cautela. Y agitando los dados, fui a probar mi suerte con la guardia, y beber, en su compañía, algún que otro jarro de cerveza.

Supe por ellos de muchas andanzas en verdad pavorosas, tanto referentes a mis hermanos como al aparentemente imperturbable señor de nuestra vida. Así como del tenebroso carácter que se agazapaba tras la oscurísima sombra que ocultaba su mirada. En honor a la verdad, cuando le servía a la mesa –únicas ocasiones, hasta el momento, en que le tuve cerca–, más de una vez pude apreciar la rara negrura que cubría sus ojos, de forma que parecía jamás pudiera, no ya entrar en ellos, sino rozarlos siquiera la luz.

Según oí repetidas veces a la soldadesca, de entre los muchos y variados enemigos con que contaba Mohl, el peor y más peligroso era, sin duda alguna, el Conde Lazsko. Habitaba este Conde en un torreón grande y bien defendido –aunque, según oí también, dado lo soez de su naturaleza y escasez de su entendimiento, carente del más sucinto bienestar–. Poseía abundante tropa, extraída de la leva campesina, pero casi tan bien adiestrada y armada como la mesnada de Mohl. No obstante, el poder de Mohl era más sólido y vasto: poder que, en el caso presente, me parecía, a pesar de todo, un tanto exagerado. Comparábalo con el Conde, cuyas fuerzas, armas y aun astucias guerreras eran semejantes a la suya. Y llegué a la conclusión de que la supremacía de Mohl consistía en la muy superior naturaleza que le distinguía, no sólo de Lazsko, sino de los demás hombres que hasta el momento conocí. Aquella singular naturaleza, que le obligaba a dominar un carácter tan violento, o más aún, que el de sus enemigos. Que le impelía a cultivar y ejercitar su espíritu tanto como su cuerpo, tierras y gentes de armas. Tal circunstancia le llevaba a proteger a estudiosos frailes, o sabios, tanto como a las caravanas de mercaderes; y aun, para éstos, abrió libres pasos en sus dominios, en vez de agredirles y robarles, como era más común. Se interesaba por las rutas del Sol, la Luna y las Estrellas, por los textos latinos y la Matemática. Y con frecuencia adquiría objetos raros, más bellos que valiosos. Tenía a gala anteponer la justicia a sus sentimientos y así se le tenía por el más ecuánime noble señor conocido. En estas y otras cosas residía, según llegué a decirme, su verdadera fuerza. Y aunque confusamente, empecé a comprender aquella forma de dominio, y día llegó en que tuve constancia de lo acertado de mis suposiciones. Por contra, ninguno entre sus vecinos –amigos o enemigos– hallose más torpe sanguinario (a fuer de ignorante y obtuso) que el Conde Lazsko.

Entre los soldados con los que solía yo jugar, o beber, o charlar, había uno que, antes de entrar al servicio de Mohl, combatió en las filas del Conde. Según sus palabras, le conocía bien. Y describía a Lazsko con vivas tintas, asegurando que ignoraba incluso la lengua con que pretendía hacerse entender por sus semejantes. Según le oí, mejor se entendía a Lazsko cuando gruñía que cuando llegaba a formular alguna de las pocas palabras que conocía o que lograban abrirse paso entre sus voraces labios. Al parecer, Lazsko sonreía siempre con expresión tal que, en un principio, tomábase por bondadosa y aun angelical hasta que despertaba las sospechas de si tal sonrisa, en lugar de un afable natural, encubría la más enconada imbecilidad. Vivía retirado en su sombría fortaleza, más allá de las dunas, hacia el este. Corría el rumor y la creencia de que su origen provenía de los pueblos esteparios. Así lo hacían sospechar sus trenzados cabellos, quemados por el sol y el viento, su extraordinaria manera de galopar y casi vivir sobre el caballo –alguien afirmaba que dormía sobre él–, y la manifiesta crueldad de su naturaleza. Este origen –fuera o no cierto– le valía el despego de los demás señores y en especial el de Mohl (que odiaba ferozmente a aquella raza errante y a caballo). Pero Lazsko negaba con gran ira semejante procedencia y hacía grandes alardes de piedad, y aun devoción, hacia la religión cristiana, sus ritos y costumbres –o lo que él tenía por tales–. Sólo se le conocía un verdadero afecto: su ahijado. Según oí a los hombres de mi señor, este jovencito, casi un niño, era tan delirantemente amado por el Conde, que a fuerza de halagos y arrumacos habíale convertido en una suerte de alimaña, de ademanes dulces, tan caprichoso como una doncella y tan feroz como su tío. Pues, con evidente placer, le secundaba en cuantas tropelías imaginaba éste. Y aun, por su cuenta, llevaba a cabo las que le venía en gana.

Entre los muchos atropellos que llevaban ambos a cabo, uno de los más persistentes consistía en un contumaz y obsesivo deseo que les impelía a apoderarse de ciertas tierras pertenecientes al dominio de Mohl. Aunque, según pude atrapar por este o aquel solapado comentario, tal vez no faltaba razón al supuesto estepario, pues corría el rumor de que, con anterioridad, Mohl se las había arrebatado a él. Por esta razón, las escaramuzas en ocasiones revistieron un carácter sangriento.

Debo señalar que el viento nunca estaba ausente en semejantes circunstancias y ocasiones. Por lo general la disputa comenzaba de esta manera: Lazsko enviaba un hombre, distinguido por su insensatez o su desdicha, con el encargo de propinar puntapiés a unas hileras de tinajas que, hincadas en tierra aquí y allá, marcaban someramente las fronteras que Mohl tenía a bien considerar propias. Una vez derribados y aporreados tan arbitrarios lindes, comenzaba la larga cadena de rencillas y resentimientos donde crecía el odio. Mohl no toleraba tal ofensa, mientras Lazsko sustentaba convicciones asaz diferentes sobre el lugar o emplazamiento de tales límites. Trataba de desbaratarlos y a su manera recuperar aquel o este pedacito de tierra con que, si no resarcirse de lo que consideraba (y tal vez era) usurpado, darse, al menos, a sí mismo una pequeña satisfacción por la que brindar con sus gentes, en las frecuentes borracheras de su torreón. Mohl no le daba ocasión a gozar demasiado tiempo de tales delicias. El desdichado o insensato que dio de puntapiés a este o aquel recipiente fronterizo, lo daba también a su propia cabeza. Las apostadas gentes que mantenía Mohl en constante vigilancia, brotaban de todas partes: de las dunas, de los árboles e incluso –parecía– del suelo. Como energúmenos –así debían parecerle, al menos, al osado o cándido pateador de lindes– se lanzaban tras él, hasta apresarlo y colgarlo del árbol más propicio. La visión de su cuerpo bamboleante excitaba los ánimos al otro lado y, a su vez, gentes de Lazsko caían sobre los chamizos o los villorrios esparcidos en tierras de Mohl. Incendiaban, mataban y robaban. Cometían todo cuanto desafuero pasaba por sus mentes, o se ofrecía sin dificultades mayores a su rencor y rapiña. Iniciábase entonces entre ambos bandos una lucha dispersa y entrecortada, pero sañuda. Mas según dijo aquel soldado, la verdadera razón, el sueño dorado que propagaba Lazsko durante sus enconadas borracheras –únicas ocasiones en que, al parecer, lograba hacerse con un puñado de palabras, más o menos razonablemente dispuestas– era llegar a enfrentarse algún día en duelo cuerpo a cuerpo con el propio Barón. Éste, empero, hasta el presente jamás le dio ocasión para desahogar anhelos tan largamente acariciados. Dirimía Mohl estas cuestiones, enviando a mis hermanos frente a un puñado de gente armada. Y en verdad que éstos eran quienes más rápida y eficazmente solucionaban tales incidencias y los que más pronto regresaban, ondeando una ensangrentada y escuálida paz, que, dadas las circunstancias, conseguían lo más duradera posible.

Mezcladas a estas cosas, fui percibiendo en las charlas de aquellos hombres una suerte de entendimiento, hecho de alusiones y sobreentendidos, con que aludían frecuentemente a alguna cosa, suceso o persona para mí ininteligible. Y que, no obstante, flotaba en el aire todo de aquel castillo. Según pude ir entendiendo, su causa era del dominio de todos aunque permanecía silenciada. Una oscura burla, al tiempo temerosa y osada, serpenteaba a través de estas charlas y alusiones. Y yo percibía su naturaleza, tan evidente y tan enigmática a un tiempo. A la par que una confusa y nada razonada inquietud, sentía invencible necesidad de conocer lo que se me ocultaba tras la sutil niebla que envolvía sus comentarios. De mi señor se trataba, sin duda alguna, pero se me hacía muy extraño y contradictorio descubrir un aleteo de burla –por temerosa y aun siniestra que la presintiera– tocante a un hombre como él. Pues a fuer de temido y respetado por su valor y temple era a todas luces admirado por aquellos hombres. Tal misterio me instaba a menudear las visitas a la guardia, las partidas de dados y las libaciones en su compañía. Aunque cada día me atraían menos los juegos de azar y la cerveza agria y áspera que ellos ingerían no ofrecía particular encanto a mi paladar.

Un día de frío muy intenso y cielo tan oscuro que siendo aún la primera tarde, parecía de noche, mi señor salió a caballo sin compañía alguna. Comenté con los soldados la extrañeza que estas solitarias salidas me causaban, pues había notado que solían producirse en días semejantes. Tuve ocasión entonces de escuchar un curioso comentario, seguido de una sonrisa que, más que tal, semejaba un relámpago de terror:

–Va en busca de carne fresca... ¿no hueles el viento?

Quedé muy impresionado ante aquellas palabras y me dije, estremecido, que tal vez más de un ogro habitaba entre aquellas paredes.

Al amanecer del día siguiente el viento pareció detenerse,

como acechante. Un gran silencio se adueñó de cada rincón y de cada hombre. Desperté junto a mis compañeros, sobresaltado por el clamor que venía de lo alto. Por sobre la muralla, desde la torre vigía, llegaba el ulular del cuerno que avisaba el avance de gentes armadas y probablemente enemigas, en la brumosa lejanía de la pradera.

Apenas se había extinguido la llamada de alerta, sentí que una invisible espada me rasgaba de la cabeza a los pies, partiéndome en dos mitades. Y a mis pies se recortó una dura sombra, muy negra, junto a la lívida blancura del amanecer. Sin saber cómo –o sin poderlo recordar ahora– me hallé fuera de la sala donde dormían los jóvenes escuderos, y en el centro del patio de armas. Oía las voces y las pisadas de los soldados que corrían a sus puestos; las campanas de las villas, que llamaban a las gentes; el crujir de las ruedas de los carros, y los gritos de los campesinos, que acudían a refugiarse tras las murallas del castillo. Todo esto, empero, se deslizaba sobre mí como una lluvia leve, carente de importancia. Empuñaba la espada, así el escudo con fuerza y busqué, ansioso, una conocida silueta.

Al fin lo vi, erguido sobre la nieve, muy alto y casi negro entre sus pieles. Corrí hacia él, y cometí la más grave osadía de mi vida pues, como en sueños, me oí decir:

–¡Déjame combatir a tu lado, señor...!

No tenía conciencia de cómo ni por qué me hallaba ante él, con la espada y el escudo tan fuertemente asidos, temblando de ira, una ira que no lograba encauzar, ni tan sólo reconocer. Sabía que mi actitud podía acarrearme la expulsión del castillo, o aún algo peor. Pues mi mente no se mostraba confusa, en ese sentido. Sin embargo, allí permanecía, firme y aun agresivo, mirando el rostro de quien jamás había vuelto hacia mí sus ojos. La barba castaña y corta, las mandíbulas agudas de mi señor parecían talladas en algún mineral muy antiguo y súbitamente reconocido por mí. Entre sus párpados erraba la opaca sombra que tantas veces me inquietara: allí donde, en lugar de mirada, parecía abrirse una sima sin fondo.

–Vete –respondió, sin ira ni paciencia. Su voz formaba parte de aquel remoto y reconocido mineral de que estaba hecho.

Pero insistí, presa de una fría exasperación:

–¡Déjame combatir a tu lado!

No sé cuánto tiempo estuve así, aguardando que ocurriera algo. Sólo recuerdo una distancia inmensa, cubierta por la nieve, en cuyo confín se alzaba la estatua viva del Barón Mohl.

Al fin le oí:

–Los escuderos que no han sido armados caballeros, no pueden combatir. No obstante, monta tu caballo y sígueme: nadie sino tú portará mis armas y mi escudo.

Sólo cuando salté sobre Krim-Caballo y avancé a su lado, hacia la muralla, advertí la gran temeridad que acababa de realizar, y sentí sobre mí el odio de innumerables ojos: los escuderos habituales de Mohl me harían pagar cara tal acción. Sentía cómo el odio extendía su sombra sobre la nieve, lenta y mansamente, tal y como invade la luz del día el firmamento nocturno y borra de él toda estrella. Así, cubrió y arrebató cuanto alcanzaban mis ojos. Mezclose en mi ánimo una tersa e inmensa soledad y una distancia sin posible fin crecía en torno al Barón y mi persona. Hasta que tan gran asombro y lucidez fue hollado (en verdad pisoteado) por el galope de los caballos que montaban mis hermanos.

El mayor se acercó a mi señor, con las primeras noticias:

–El Conde Lazsko envía dos emisarios, en son de paz. Él aguarda con gente armada en la pradera, mas no tiene ánimo de lucha. Sólo reclama, y repite sin cesar, un nombre.

Clavó luego sus ojos en mí, con tal aborrecimiento, que sentí mi cuerpo y espíritu desplomarse de un golpe.

De nuevo un terror nacido de mis propios huesos (o así me lo parecía) me obligó a apretar las mandíbulas hasta el dolor, para no sentir el convulso entrechocar de mis dientes. Y hundí las rodillas en los flancos de mi montura. Con gran esfuerzo, mantuve aún el cuerpo erguido, pero como si éste no fuera mío. Y así pude contemplarme caído en una zanja, derrotado por una oscura voluntad más alta y más feroz.

Aquel día comenzó mi verdadera historia. Muchas veces, después, intenté reconstruir el frío de la mañana, la luz de la nieve, la silueta de las almenas en el silencio de un espacio blanco, sin viento ni confines. Pero nada más consigo retener en mi memoria.

No hubo combate alguno. Tal como dijo mi hermano, el Conde Lazsko reclamaba –en verdad mendigaba– únicamente un nombre. Un nombre que nadie conocía (o nadie quería reconocer). Desde la pradera, lanzaba Lazsko su grito, tan terco como inútil: jinete espectral, cargaba su furia desolada contra las murallas del castillo de Mohl; y el eco lo devolvía, convertido en huella, misterioso guerrero a cuyo desafío nadie respondía.

Aun mucho tiempo después de que Mohl, a través de mis hermanos, le diese su palabra de que nadie en sus tierras conocía a aquel a quien con tanto ahínco suplicaba, Lazsko permaneció allí clavado en la ventisca que, a poco, sacudió el cielo y la tierra. Patético y temible a la vez, Lazsko aguardaba la sombra de unas pisadas, de una voz acaso, en el huracanado invierno de la planicie.

Así perdió la única ocasión que, hasta el momento, se le ofreciera de realizar su viejo y acariciado sueño: combatir en duelo, cuerpo a cuerpo, con su aborrecido y admirado Mohl. Pero este sueño, parecía ser ya de todo punto indiferente, o ajeno, a él. Y aún se oyó largo rato, sobre el río helado por donde desfilaban los soldados, de regreso a las dunas, su voz desgarrada; que mezclaba al viento un nombre, tan hambriento y pavoroso como el aullido mismo de los lobos.

No recuerdo más porque, a poco, me caí del caballo. Y me sumí en una especie de fiebre, rodeada de tinieblas, donde sólo se oía el inconfundible galope de tres jinetes, que muy bien conocía: acercándose y alejándose, sin cesar, en mi delirio.

Al fin, con un júbilo bestial (al que gozosamente respondí), entró en mi noche la ogresa y me arrastró, una vez más, al sangriento –aunque ya muy deseado– torrente de sus dominios.

VI

LOS DIOSES PERDIDOS

Desperté confortado por un gran fuego, en una cámara limpia y abrigada. Los muros aparecían cubiertos de pieles y tapices. Y junto a ellos, distinguí muchos cofres de madera tallada y bellos herrajes. En lugar de las estrechas ranuras acostumbradas, sus ventanas eran tan amplias como jamás viera, cubiertas con vidrios de color verde claro. Estaba tendido en algo blando y muelle, volví la cabeza y con un sobresalto descubrí ciertas pieles negras, veteadas de plata azulada, que me eran harto conocidas. Cerré los ojos y deseé retroceder a un mundo inexistente, donde me alejara en la nada y me sumiera, al fin, en ella. No tenía valor para mirar a mi señor, ni para mantenerme en su presencia. Y comprendí que aquella era la otra mitad de la cámara a donde solía arrebatarme la ogresa. Por lo tanto, era en la propia cámara del Barón donde me hallaba, por lo que no salía de mi estupor.

Cuando tuve valor para abrir los párpados, descubrí a un extremo de la habitación un lecho muy amplio, cubierto por dosel y cortinas, con bordados de pájaros azules y verdes, muy bellos. Entonces oí una risa apagada, casi un murmullo, e incorporándome alcancé a distinguir, sentados en el suelo, dos muchachos muy jóvenes y una niña casi tan rubia como yo. Jamás había contemplado, ni fuera del castillo, ni en el castillo, ni en parte alguna, seres tan hermosos ni tan extraña aunque lujosamente adornados: con cintas y flores por todas partes de su cuerpo. En rigor, estaban desnudos de otra cosa, lo que explicaba el enorme fuego que allí ardía. Empecé a creerme víctima de una alucinación, o embrujo: tal como había oído relatar, durante las veladas, a algún insensato –así lo juzgué, torpemente– a quien no diera excesivo crédito.

Uno de los muchachos se acercó, e inclinó su rostro hacia el mío. Vi que tenía la piel muy blanca, casi luminosa de puro blanca, junto a la intensa negrura de sus rizos. En cambio, tenía ojos tan azules como los míos.

–¿Quién eres? –farfullé molesto, apartándole con bastante brusquedad.

Casi se tambaleó bajo el empellón, y poco faltó para que cayera sobre mí, de forma que el balanceo de sus rizos rozó mi frente. En lugar de responderme, volvieron a reír los tres tan suave y apagadamente como antes. Luego, con gran gentileza, el muchacho acercó una copa y diome de beber una bebida fresca, que me apercibió de cuanta sed acumulaban mi paladar y garganta.

Mientras yo bebía ansiosamente, en el mismo tono, bajo y ligero, murmuró que no debía incorporarme, ni moverme: pues así lo había ordenado el físico. Obedecí con laxitud y de nuevo recliné la cabeza. Entonces, un grande y apacible descanso me ganó enteramente. Un descanso y una paz que, en verdad, hacía mucho tiempo no había experimentado. (O que, acaso, no había conocido nunca.)

Un tironeo de brazos y piernas, nada gentil, me devolvió al mundo vulgar y conocido: el físico me zarandeaba. Alzó duramente mi cabeza y me miró los dientes. Luego acercó a mi nariz un frasco, por el que asomaban unas ramitas. Tras guardarlo de nuevo entre los pliegues de su túnica, me informó de que ya estaba curado.

–¿Curado? –murmuré, como si me extrajesen de un pozo de confusiones.

Y desazonándome de nuevo, el anciano me comunicó que no tenía que asustarme, puesto que sólo había sufrido *la pequeña muerte*: muy común, al parecer, en los muchachos de mi edad.

–Eres duro y fuerte como un jamelgo: pero demasiado alto –manifestó, con severo reproche–. ¡Procura detener tu crecimiento!

Secamente me indicó que debía reincorporarme a mis tareas habituales. Según comprobé, me hallaba de nuevo sobre el suelo, cubierto de juncos que hasta entonces me había parecido confortable. A mi alrededor despertaban los muchachos escuderos: se acordonaban la ropa y el calzado y me miraban con burla. Soporté en silencio sus chanzas, pero no atinaba a descifrar su significado. Y supuse que aquella limpia y mullida cámara, con sus bellos adolescentes (y tal vez, todo lo que creí vivir en la nieve, junto a mi señor: el frustrado combate, y el grito desgarrador del Conde Lazsko sobre el río helado), no eran sino frutos de una pesadilla, encantamiento o visión. «Algún mal –me dije– ha entrado y salido de mi cuerpo.» Por lo que, después de todo, debía felicitarme de salir tan bien parado de ello. Pero una idea me desazonaba: «*Una pequeña muerte*», meditaba, «*Una pequeña muerte...*». Y por más que lo intenté, no lograba hallar sustancia alguna en estas palabras, ni atinar qué clase de mal embrujo, o ensueño, encubrían.

Nadie dio importancia a mi enfermedad, sueño o desvanecimiento: lo consideraban un mal pasajero. Tan sólo alguna irónica alusión me recordó, a veces, el incidente. Mi vida de sirviente y escudero se reanudó, igual que antes. Ni mi señor, ni su esposa, daban señales de haberse apercibido de mis osadías o mis turbulentas noches. Sin embargo, un cambio muy profundo tenía lugar en mí. O mejor dicho, sentíame objeto de una suerte de recuperación o encuentro conmigo mismo. Pero por más que atormentaba mi memoria, tampoco lograba descifrar qué clase de reencuentro se verificaba en mi ánimo. Y a menudo, en cualquier rincón oscuro, o lugar solitario, tropezaba con la sombra de mis hermanos. Aunque sólo los encontré, realmente, en presencia de otras personas. O los veía de lejos, galopando en la nieve.

Cierta noche, bajé a echar una partida de dados con los soldados. Uno de ellos, de edad avanzada y barba encanecida, había luchado con mi señor en muchos combates. Él y aquel ex-soldado de Lazsko, usaban con más frecuencia que los otros el lenguaje de sobreentendidos y oscuras alusiones que yo no alcanzaba. Sin embargo, a través de la recóndita burla que en sus palabras entreveía, me pareció que en los ojos del hombre de la barba blanca alentaba una inmensa tristeza.

Aquella noche, guiado por un raro presentimiento, le pregunté casi en voz baja, de manera que no me oyeran los otros, mientras lanzaba los dados:

–Dime, ¿quiénes son los muchachos que se ocultan en la cámara de mi señor?

Él alzó los ojos: y vi un destello de sobresalto en ellos. Pero mantuve su mirada con toda la serenidad que me inculcaron las lecciones de mi señora, y que tan ejemplarmente observaba mi señor, de forma que el recelo de sus ojos declinó en una vieja y conocida socarronería: esa que habita, agazapada, entre los arrugados párpados de todo campesino. Al tiempo que reía quedamente, respondió:

–Joven escudero, ¿eres tú, por ventura, un muchacho inocente...? ¡No lo creo!

Y a través de tan cautas como lacónicas palabras, supe que, al fin, se había rasgado un velo; y que, en adelante, su lenguaje ya no sería oscuro, ni incomprensible para mí. De forma que respondí como mejor pude a su sonrisa, y no le pregunté nada más.

Noche tras noche, partida tras partida de dados, fue desvaneciéndose en mi mente la sombra de cuanto me pareciera incomprensible o misterioso. Comprendí que, en verdad, hasta el momento fui sólo un joven cándido, salvaje y desprovisto de toda aptitud para entender el humano lenguaje. Pues día tras día habían ocurrido muchas cosas a mi alrededor y ante mí, y no las habían percibido mis ojos, ni captado mis oídos, ni albergado mi espíritu. Y palabras claramente pronunciadas en mi presencia no revestían sentido alguno hasta entonces: cuando todos los jóvenes escuderos del castillo y los caballeros y las damas y los soldados (y hasta el último de los sirvientes) tenían por viejo y conocido cosas que yo ni siquiera sospeché.

Desde el momento mismo que tuvo lugar tan curioso despertar de todo mi ser, las partidas de dados menudearon. Pues, aunque ya nada nuevo iban a descubrirme, me aficioné a ellas. Incluso estimé la áspera cerveza, la tosquedad de lenguaje y hasta llegué a participar en las burlas (que ya no se me antojaron impenetrables, sino groseras, y un tanto insípidas).

Así, otro día supe que el ahijado de Lazsko había abandonado a su protector, para, según rumores, unirse a una partida de salteadores de caminos. En las frías noches, junto al fuego de los soldados, los vagabundos y gentes de camino contaban a la guardia que el viejo Conde había caído en una desesperación obsesa y embrutecedora, que sólo abandonaba su fortaleza y borrachera para salir a la nieve y el viento, en busca de tan ingrata criatura. Y el nombre de este malvado muchacho rodaba por la estepa y las dunas, fundido en el aullido de los lobos.

El invierno finalizaba y sólo muy de tarde en tarde volvía la furia del viento. Pero más de una noche, durante mis clandestinos compadrazgos con la baja soldadesca, ganando o perdiendo, ora una prenda, ora un arreo, oí el chirriar de una puerta, hasta entonces secreta (o que imaginé secreta) y unos suaves pasos que se deslizaban a lo largo del muro. El viejo soldado de la barba cana me guiñaba un ojo, maliciosamente. Él, u otro cualquiera, pues ya no había recelos entre los soldados y yo. Jóvenes muchachos y tiernas niñas salían o entraban de la torre, con pasitos furtivos; ávidos y perversos gatitos, reyes de la noche y de una muy efímera felicidad. Luego oía cascos de caballos, alejándose hacia las murallas.

—A veces mueren —me dijo, borracho, el ex soldado de Lazsko.

Pero nadie, excepto yo, pareció escuchar estas palabras. El viento de los ogros ya no era un misterio para nadie.

Día a día, el sol fue alegrando de nuevo nuestro cielo y se reanudaron los juegos guerreros.

Empezó a resultar notoria mi habilidad y mi fuerza en tales ejercicios. Algunos escuderos alcanzaríamos muy pronto la edad o el mérito suficiente para ser investidos caballeros. Y por tanto, la rivalidad en el aprendizaje se hacía más dura y más empeñada la competencia.

En el curso de estos entrenamientos –que mi señor seguía con gran atención– Mohl me mostró cierta buena voluntad. Aunque jamás me hablara directamente, salvo para darme órdenes, yo notaba que había reparado en algún aspecto de mi persona que no le era ingrato. Aunque no acertaba a desentrañar cuál era: pues no sabía si apreciaba mi fuerza, mi habilidad, o simplemente, mi presencia. ¿O, mi aún muy primitiva naturaleza, que sobresalía también por su brusco talante y carencia de refinamiento?...

Lo cierto es que, por una u otra causa –y averiguarla en hombre tan mesurado y frío como él, no resultaba empresa fácil– aquella buena voluntad fue transparentando (o así me lo pareció) una indudable predilección. Requirió con más frecuencia mis servicios y me elevó y distinguió entre los jóvenes escuderos. Por tanto, la primera vez que en presencia de sus comensales me dirigió la palabra, un gran asombro cruzó la estancia: desde el primero hasta el último puesto de la mesa (allí donde mis tres hermanos comían en hosco silencio).

Aunque no me miró –ni siquiera volvió el rostro hacia mí–, bien se entendía que hacia mi persona iban dirigidas sus palabras. Y no las pronunció en voz baja, sino tan alta, que ni un solo presente dejó de percibirlas. Mientras escanciaba vino en su copa, le oí decir:

–Ese rubio cabello y esa mirada nos devuelven la herencia del pasado: hasta el más alejado confín de la tierra, a nadie se puede hallar tan rubio, ni de tan azules y feroces ojos. Al contemplar a este muchacho, siento en mi nuca el aliento de los dioses perdidos.

Tan insólitas palabras (que semejaban una adivinanza) fueron, no obstante, comprendidas al instante por mí: pero no así, imagino, por la mayoría de quienes las escucharon. Mas, dado que a menudo Mohl pronunciaba frases misteriosas y luego pasaba sin transición a otros temas, la extrañeza causada por semejante comentario borrose fácilmente de todos los oyentes (salvo de mis tres hermanos). Un temblor inoportuno se apoderó de mi mano y hube de hacer un gran esfuerzo para no derramar el vino sobre el hombre que había pronunciado tales sentencias.

El Barón quedó sumido en un raro silencio, y acaso con el propósito de que mis oídos y entendederas captaran más exactamente que se había dignado referirse a mi poco relevante persona añadió al fin:

–Conozco muy bien la causa de que, aún tan joven, seas ya muy temido. Y vaticino que lo serás mucho más, en grado creciente, hasta el último de tus días. No eres hermoso, ni gentil, pero tu naturaleza vive más allá de tan perecederas cualidades. Y puede, incluso, resultar mucho más tentadora que la belleza y la dulzura.

Tras aquellos memorables –al menos, para mí– vaticinios, mi señor pasó mucho tiempo sin volver a dar muestras de notar mi existencia.

Al fin llegó el último día del invierno. Y con el buen tiempo, cobraron más y más vigor los ejercicios violentos. Organizáronse varios encuentros de caballeros y los juegos guerreros menudearon. A presenciar algunos, fueron invitadas las damas, de suerte que acudían muy animadas y contentas. Y la que más, entre todas, mi señora. A los jóvenes no investidos, no nos estaba permitido tomar parte en las lides pero sí portar las armas, seguir de cerca a nuestros caballeros. Y si caían heridos, sacarlos del campo como mejor pudiéramos.

Tras celebrarse uno de estos encuentros entre los caballeros de Mohl y los de un barón de las cercanías, se sirvió una abundante comida sobre la hierba, pues tras el frío invierno, la primavera se ofrecía en todo su esplendor.

La Baronesa me llamó, indicándome que me arrodillara a su lado. Aguardé así alguna de sus órdenes. Pero en lugar de hacerlo me tendió una copa donde, sobre aguamiel, flotaban pétalos de flores. Y dijo:

–Llegado ese día, querría presenciar tu primer combate, puesto que yo inicié, desde lo más sumario, los pasos de tu aprendizaje. He sido tu maestra y, como tal, esa fecha revestirá un recuerdo muy emotivo para mí.

Quedé un tanto perplejo. En verdad había mucha razón en sus palabras: pero no atinaba a calibrar hasta qué punto ella misma era consciente de su doble filo. Sus cejas permanecían imperturbablemente altas y arqueadas, y su mirada como amparándose en algún sueño interior. Tomé la copa entre las manos, pero no me atreví a probarla. El dulzor de la miel me repugnaba y los pétalos que la cubrían me parecieron, de improviso, una sarta de diminutos animales –mariposas o luciérnagas, injustamente asfixiadas– sinceramente repugnantes. Tuve miedo de mirar sus ojos: de antiguo conocía esas pupilas amarillas, intensas y fríamente exasperadas. Bruscamente, sus dedos largos y duros izaron mi barbilla y sus ojos se apoderaron impíamente de los míos, sin permitirles un posible resquicio a la huida, o refugio alguno.

–En verdad –murmuró en voz baja y lenta– que, como dijo mi señor, eres feo. Pero he oído comentar, también, que allí de donde vienes, o hacia donde vas, se percibe muy cerca la sombra de los dioses perdidos.

Quedó en silencio un momento. Y mientras duró llegué a creer que sus ojos prenderían fuego a los míos. Al fin, añadió:

–Pero los dioses han muerto. O, tal vez, yo los he olvidado. Diles que algún día regresen a mí...

Lleno de turbación, notaba cómo renacían en mis venas un rencor y una desolación infinitos, que imaginaba enterrados. Un dragón sacudía de su lomo cenizas ardientes, alzaba la cabeza y me devolvía a un tiempo en que disputaba a los perros los huesos que arrojaba mi padre de su plato. Contemplé el cuello largo y blanco, parecido al de un cisne, de la Baronesa. Un gusto a sangre inundó mi lengua, y deseé hundir en él mi daga: degollarla, como hice con el jabalí de pelaje dorado –sagrado o infernal despojo–; y luego, tuve la súbita revelación de que aborrecía a mi padre, y a mi perdida infancia, al tiempo que los añoraba hasta el dolor.

Pero la Baronesa ignoraba, sin duda alguna, esta doble naturaleza: tanto en ella, como en mí mismo. Deseé entonces, muy violentamente, que mudara en ogresa: allí mismo, sobre la hierba, en el sol de los guerreros, el ruido de las armas y el galope de los caballos. Pero ella, con un gesto de la mano, me despidió.

Y mi ogresa no vino a buscarme, ni aquel día, ni muchos después.

Pasó la primavera. Y cuando ya el verano declinaba, el Barón dispuso una gran cacería. Me ordenó entonces que formara parte de sus escuderos, aunque esto era contrario a las costumbres (no sólo suyas, sino generales), pues aquel puesto sólo se lograba tras relevantes méritos, o por la pureza del linaje.

Cuando me dispuse a cumplir sus órdenes, no supe discernir, con sorpresa y malestar, si aquellas que tuve por visiones en la nieve y que el físico denominó *muerte pequeña* –esto es: la imagen de un Barón Mohl de metal negro, rígidamente alzado en el blanco patio de armas– eran tales o, por contra, sucedieron fuera de los sueños (aunque no formaban parte de la realidad que conocía). No sentí, pues, satisfacción ni orgullo alguno por tal distinción, a todas luces extraña y como no tardé en apreciar, peligrosa.

Llegadas a este punto las distinciones del Barón, mis hermanos sintiéronse especialmente ultrajados. Así lo evidenciaba la dañina expresión de sus ojos clavados en mí cuando me vieron portando su jabalina. Y hubieran manifestado su odio y su despecho de forma harto más contundente, de no hallarse presente la gente del Barón y el Barón mismo.

Apareció entonces en la cumbre de un altozano la Baronesa, mi señora, sobre su blanco corcel. Peinaba las trenzas en torno a su cabeza, como una diadema de oro, y sus ojos mostraban su peculiar y asombrado desdén. Llevaba un halcón al puño y se cubría con un manto que, a la luz de la mañana, parecía de plata. Iba acompañada de la menor de sus sobrinas, aquella por la que yo sentí un recatado e inane amor. Y comprobé al instante que este sentimiento había desaparecido por completo. Junto al rostro frío, delgado y blanquísimo de mi señora, el lozano y juvenil de la muchacha parecía una empanada. En cambio, todo mi ser ardía al contemplar y recrear en mi recuerdo a mi amada ogresa.

El Barón frunció el entrecejo y dijo:

–¿Por qué ese halcón, mi señora...? No atino a comprender su puesto, en la presente cacería.

Ella sonrió, con los labios cerrados; pero había una profunda seriedad en sus ojos, al responder:

–Este halcón, mi señor, tiene su puesto en mi puño.

Entre la bruma de la mañana, su voz parecía un delgado río. Inclinó luego la cabeza, en una suerte de acatamiento y saludo, tan gentiles, que mucho contrastaban con sus palabras y actitud. Luego, con ímpetu inusitado en tan delicada persona, espoleó su montura y se alejó.

Cuando partió la comitiva y llenose el aire con los ladridos de los perros, las voces de los ojeadores y el ulular del cuerno que abría la jornada de caza, sentí un deseo muy violento de subir hacia lo alto de la torre vigía: de allí había partido, una vez, un grito de alarma, sobresaltándome hasta el punto de no saber si relegarlo al reino de lo inmaterial o al de lo humano. El sol se alzaba ya tras las almenas y me pareció más brillante que nunca. Entonces recordé que estaba ya muy próxima la época de la vendimia, que pronto cumpliría quince años y que, según todos los indicios, sería armado caballero. Por primera vez, esta idea no me produjo alegría, el impaciente júbilo acostumbrado. Lleno de malestar, azucé mi montura, en pos de mi señor (tal y como me había sido ordenado) y noté físicamente, clavándose en mi nuca, el odio de sus escuderos. Con toda seguridad, en aquella jornada el número de mis enemigos en el castillo aumentó de forma singular.

Las sombras de tres jinetes, que demasiado conocía, parecían morder la grupa de mi caballo. Y aún más: creí verlas alzándose del suelo y extender un agorero vuelo sobre mí. Sentí entonces su peso, el chirriar metálico de sus alas, como si estuvieran hechas de una sustancia más densa y mortal que el hierro de la espada.

El Barón volvió la cabeza hacia mí:

–Yo no desdeño las advertencias de los dioses, tus dioses y mis dioses –dijo–, pero has de saber que en nada estimo el don de la fecundidad. Y aunque ningún hombre noble, mísero mendigo o simple villano entendería estas palabras, lo cierto es que no deseo descendencia, ni la deseé jamás. El día que yo muera, habré elegido mi heredero a mi placer: y otorgaré cuantos bienes dispongo a quien juzgue más digno de ellos, sin tener que debatirme entre mis sentimientos de padre y la posible –o quizá probable– imbecilidad de mis hijos.

Como puede suponerse, tras el inesperado comentario de mi señor tan confidencial y tan extraño, ningún juicio o parecer salió de mi boca. Aunque algo se me hubiera ocurrido decir –que no se me ocurrió–, me hubiera guardado mucho de exponerlo en voz alta: no era ya tan cándido, ni tan temerario como en el presunto o verdadero sueño de la nieve.

La caza no ofreció singular emoción, ni aun atractivo alguno. Pues tras haber manifestado –aunque de alambicada manera– su ausencia de escrúpulos por el acto de matar jabalíes, mi señor pareció perder todo interés en ello. Y si él perdía interés en algo, todos los que le seguían y acompañaban lo perdían en el acto y al unísono.

Ya descendía el sol hacia las praderas cuando Mohl manifestó su deseo de reposar un rato bajo la sombra de los abedules, a la orilla del río. Se detuvo la cabalgata y, aunque los pajes y sirvientes se apresuraron a izar la pequeña tienda y preparar las bebidas y refrescos, Mohl se alejó, solo y evidentemente olvidado de cuanto le rodeaba.

Lo vimos desmontar, junto a los árboles. Y luego se sentó en las piedras de la orilla, como un vulgar villano. A poca distancia, aunque respetando su manifiesto deseo de soledad, le seguí yo (tal como me había ordenado en un principio). Pues mucho me encareció que no me alejara apenas de él.

De nuevo noté, a mi espalda, las largas sombras de mis hermanos. En aquel momento el Barón alzó el brazo derecho y me hizo señas para que me aproximara. Al punto, viendo recortarse en el aire su guante negro, un extraño terror me invadió. Como si aquel o aquello que me reclamaba fuera el signo, o anuncio, de algo aún más oscuro que la misma muerte.

Con ánimo conturbado, obedecí su orden de llevarle una bebida. Y cuando le tendí la copa, por vez primera me miró de frente y a los ojos. Con sorpresa y sobresalto comprobé entonces que en la sombra de sus párpados brillaban unas claras pupilas, tan centelleantes y grises como el resplandor del agua bajo el sol. «¿Cómo es posible?», me dije, sintiendo crecer el temor. «Siempre creí que no existían ojos tan negros como los suyos...»

El Barón apartó de mí su mirada y quedó pensativo, contemplando el borde de su copa.

–Observa con atención –dijo entonces.

–¿El qué mi señor? –balbuceé confuso.

–El Gran Río: él es, en verdad, el camino que lleva a nuestra patria. Y te confieso que nunca admití la creencia, tan común, de que mi raza proviene de la tierra. No, yo no procedo de esta árida y triste planicie, ni deseo tampoco que a ella vayan a parar mis huesos. Ordenaré a mis herederos que arrojen mi cadáver a las aguas, rumbo a aquella vasta pradera, que a menudo sueño: esa donde acude a beber la gaviota.

Dio un sorbo a su copa y sus labios brillaron, teñidos de vino:

–Según oí a quienes saben estas cosas –añadió–, por esa corriente llegaron a esta tierra nuestros dioses. Y todos ellos eran tan rubios y tan feroces como tú.

No pude dominar por más tiempo mi lengua y me oí decir apasionadamente:

–¿Desde dónde, desde cuándo navegaban ellos, mi señor...?

(Pues yo conocía también la gran pradera de la gaviota, y oía sus gritos en un viento salado.)

Inmediatamente tuve conciencia de mi osadía y esta vez no era visión, ni fruto de la extraña dolencia que llamaban *pequeña muerte*. Mas el Barón no tomó mi pregunta como impertinencia, antes bien, pareció complacerse en ella. Con una tristeza que hasta aquel momento nunca había percibido en su voz, murmuró:

–No lo sé, hijo mío.

Y antes de que pudiera anonadarme por tan insólito tratamiento, prosiguió:

–Sólo puedo decir que tengo por muy cierta (y así yace en mi memoria más remota) la imagen errante de un pueblo que navega sin cesar... Un pueblo temido, insaciable y profundamente desdichado.

Tras estas palabras, el detenido viento que de antiguo conocía llegó de nuevo a mí. Y no agitaba una sola hoja, o rama. Era otra vez el viento de mi infancia, atrapado, acechante. Me estrechó y rodeó de tal manera, que creí oír el crujido de todos mis huesos; pues me sabía preso en él, desde una perdida vendimia donde ardió, en mil llamas impías, un árbol humano. Miré desesperadamente hacia el río, y vi descender corriente abajo un enorme dragón, con la cabeza alta y los ojos de oro, donde aún brillaba la última mirada que me llevé de la casa de mi padre. En su lomo se erizaban cien lanzas y cien guerreros, todos tan altos y tan rubios como yo. Y proferían el mismo grito que yo llevaba en las entrañas. Supe entonces que era un largo, remoto y vastísimo grito de guerra: lo conocía y profería, desde mucho tiempo y muchos hombres anteriores.

El Barón me preguntó qué era lo que con tanto ahínco miraba: y aún me repitió por tres veces su pregunta. Y agazapado en su voz –a despecho de lo increíble–, descubrí el latido de un vago terror.

–Veo un dragón, mi señor –respondí. Aunque oía mi voz, pero no podía despegar los labios.

–¡Mátalo! –gritó Mohl, con toda la furia que se escondía bajo su piel (la furia que le impelía a intercalar, sin motivo ni oportunidad aparente, en medio de la más plácida de sus pláticas, relatos atroces y sangrientos).

Luego, casi sin transición, su voz cambió y perdió todo matiz de flaqueza, de miedo o de furia. Se levantó del suelo, desenvainó su espada y, entregándomela, lanzó al aire la brusca y brutal carcajada que tanto estremecía a quienes la escuchaban. Noté cómo aquella risa paralizaba la sombra de mis hermanos, a nuestras espaldas. Y esto fue, en verdad, lo más sorprendente de tan insólitos sucesos. Pues mientras me ofrecía el arma, añadió, con tan salvaje alegría, que se antojaba aún más temible que su cólera:

–¡Ve, corre y mata al dragón!

Creí que de mi ser brotaba un nuevo yo. Me vi a mí mismo tomar con ambas manos aquella inmensa espada casi sagrada y correr en dirección al Gran Río. Entré en el agua, blandiendo la pesada hoja en alto mientras sentía sobre mi cabeza un fulgor de relámpago y el blanco restallar de su látigo.

Cuando el agua me llegó a la cintura y noté su voraz deseo de hundirme y arrastrarme, el dragón ya había partido. Pues había sucedido todo en un tiempo muy alejado de mi vida.

Luché contra la corriente, abrumado en la angustia de una irremediable derrota. Llegué a la orilla empapado de agua. Y muy humillado, regresé junto a mi señor.

El Barón, sus caballeros y escuderos y la gente que le acompañaba se reían con gran alborozo. Y comprendí que todos se burlaban de mí.

Todos, excepto mis hermanos, cuyas sombras parecían formar parte de la misma tierra que pisaban. En lo alto de la colina, mi señora también permanecía seria. Erguida y blanca sobre su caballo, el puño alzado y el halcón posado en él.

Declinaba la tarde, cuando la comitiva regresó. Los caballos avanzaban por la orilla del río y, entre los árboles, un prolongado eco o algún desazonado y triste augurio repetía la llamada de los cuernos de caza.

Por aquella parte del río había un profundo remanso que arremolinaba las aguas. En su verde nocturno giraban enloquecidamente ramas desprendidas y desdichados animales: ardillas o nutrias, inopinadamente muertas. Según decían las gentes, era aquél un lugar peligroso, donde se prodigaban misteriosas y menudas muertes de animales, mientras en las húmedas orillas danzaban los elfos en su proclama de la luna llena.

Al llegar a este punto, Hal, el caballo de mi señor, se detuvo en seco: los ojos desorbitados, temblorosos los remos y la crin encrespada por un viento en verdad imperceptible. La jauría lanzó al aire un aullido atroz e innumerable, algún perro arrancó las correas que le sujetaban y se lanzó, enajenado, hacia el río. En la tarde, aún dorada y hermosa, se recortó entonces el halcón de mi señora. Voló en círculos despaciosos sobre la montura de mi señor y luego, cual flecha embrujada, se lanzó sobre él: los ojos inflamados de cólera y el pico dispuesto al ataque. En verdad que sus redondas pupilas semejaban diminutos soles, abrasados por un odio que se adivinaba muy largamente madurado. La mano enguantada de negro se alzó y protegió el rostro de Mohl cuando la flecha de uno de sus escuderos atravesó el ave, apenas a tiempo de que lograra alcanzarle. El halcón cayó sordamente sobre la cruz de su montura y salpicó su rostro de rojo.

Entonces vi por última vez a mi señora ogresa. Aquella a quien amaba, sin saberlo, sobre todas las cosas de este mundo. Giraba en el torbellino maldito del remanso y su cabeza de oro sobresalía de la turbia espuma, como un redondo girasol. Se le había desprendido el manto y tras ella flotaba, como la estela de una nave sin rumbo: sus trenzas sueltas, en la huida, clamaban por alguna venganza o la tardía furia de una destruida inocencia. Caí de rodillas y sin que mi mente alcanzara otra más sensata o al menos dolorosa idea, me dije tan sólo que no debía mi señora haber puesto tanto cuidado en arrollar y trenzar sus cabellos (más resplandecientes que el verano y tan agonizantes como él) si al fin se habían deslizado de su frente y ahora de tal guisa naufragaban tras ella en innumerables hilos de oro.

Tres caballeros se arrojaron al agua del peligroso remanso. Y cuando la sacaron de allí, vi en la frente de mi amada una fosforescente corona de lágrimas vegetales y, en torno a sus labios, el azulado cerco del jugo de las moras.

Mi señor honró su memoria con suntuosos funerales. Y se le guardó un luto, aunque breve, tan riguroso como intachable.

VII

EL VIENTO

Con la desaparición de mi señora, empezó a llamear en mil sentidos la violencia de mi naturaleza y a veces la sentía estallar en mis entrañas, y fluir, igual que un río. Otras la veía desplomarse, como un ave alcanzada. Mas, casi siempre, sabía que se distribuía en mil y dispersábase luego, como lluvia o viento. Tomé más afición a los dados que a las armas y en compañía de la soldadesca –que no de los nobles escuderos, o caballeros– pasaba cuanto tiempo me era posible. Llegué a obsesionarme y fijar todos mis pensamientos en cosas tan singulares como un número determinado. De forma que si en él pensaba intensamente, cuando lanzaba el dado el número respondía a mi llamada y ganaba la partida.

Pronto empecé a tener fama de peligroso y cada vez se me hizo más difícil hallar compañero, o rival, en estos lances. Por lo que, apenas encontraba ya quien quisiera probar su suerte conmigo y así decayeron, también, aquellas compañías que, aunque de baja condición, me placían más que otra alguna. Poco a poco mi ánimo se replegó en sí mismo; y a menudo me sentí un ovillado caracol, ligado a un cobijo del que desea liberarse al tiempo que teme hacerlo: como si conociera que en tal empeño había de perder la vida (vida que, en verdad, estaba aún muy lejos de mí). En tales momentos sentía la presencia y roce de una blanda, sumisa locura. Y cuando contra ella me revolvía y la rebeldía me salvaba de su acecho, descubría, galopando ante mis ojos, aquel joven corcel a quien mataron su primer jinete, y cuyo nombre era Tristeza.

A veces, por algún motivo en verdad muy fútil, la ira ascendía a mí. Entonces creía oír una voz llamándome desde muy lejanos manantiales. Y esa voz avisaba para que no la malgastase. Pues, según creía entender, tal violencia e ira eran la llave con que algún día abriría la última y definitiva puerta por donde huir de una mísera condición. En tales ocasiones fui desvelando, con irritación y desasosiego, la imagen verdadera del mundo en que me hallaba. Y con dolor físico (como no lo hubiera arrancado de mi carne arma alguna) contemplaba el mundo y lo veía yacer, presto a la defensa y al ataque. De cada piedra, montículo, planicie, valle o comunidad humana, brotaban muros defensivos: piedra, empalizadas, horca, fosos poblados de reptiles, lanzas, fuego; el mundo contra el mundo, defendía y agredía vanamente algún terror vasto y común, sembrando aquí y allí la negra semilla de la muerte, y así, más que a temerla, llegué a odiar esa muerte. Muchas veces desperté con la certeza de haber luchado sin esperanza alguna con semejante dama; y puedo asegurar que jamás hubo, ni habrá, despertar menos halagüeño. La muerte seguía mis talones a lo largo del día (como la sombra de tres jinetes que se decían mis hermanos). Lanzaba su amarilla sonrisa sobre mis torpes afanes, se burlaba de los dados, del vino, de las espadas. E incluso de mis esperanzas, o de mis ya marchitas ilusiones de llegar a ser, algún día, investido caballero. Luego cuando la sonrisa de la muerte se alejaba, de nuevo me parecía distinguir la silueta de mis hermanos recortada en los arcos, o cabalgando junto al río.

No me volví, empero, cobarde. Ni me hurtaba a la pelea. Muchos fueron mis lances agresivos, y hasta hechos sanguinarios. Mas, por no haber sido aún investido, tales cosas se producían en rigurosa clandestinidad. En alguna ocasión, por puro desafío, robé su espada a un escudero somnoliento. E iba luego a dirimir estas cuestiones junto al Gran Río, a la hora del mediodía, la más peligrosa de las horas cuando el mundo parecía dormir. En dos ocasiones vi negrear en el suelo las sombras de los abedules y en otra, la de mi propio cuerpo bajo mis pies. Y de tal forma las vi, que trajeron a mi memoria la conocida lucha o contubernio –no podía esclarecer tal cosa– de la sombra y de la luz, del color blanco y el color negro.

Dejé entonces caer el arma y huí, como el peor de los cobardes. Aunque no era blandura lo que me dominaba, ni cobardía, sino muy al contrario, la deslumbrante certeza de cobijar en todo mi ser una grande y escondida fuerza, que tanto presagiaba un viento lúgubre y salado, como, por contra, llenábame de luz, y me traía esperanza: pues intuía que tal vez algún día me permitiría sobrevivir, a despecho de tanta sangre y desolación como rodeaban mi existencia. Quedaba luego asombrado de mí mismo: de mis manos, mis piernas, e incluso de mi propio peso sobre el suelo. Por lo que, en suma y como desquitándome de tanta confusión y pesadillas, me mostré jactancioso, peleador y osado. Al tiempo que, de tarde en tarde, huidizo y como enajenado. No es raro, pues, que al cabo de estas cosas se me llegara a tener por criatura extravagante y aun peligrosa (como, en rigor, lo era).

A nadie, excepto ahora, pude explicar que desde el día de la frustrada cacería distinguí muchas veces en el río cien hombres con cien lanzas, a lomos de un dragón. Todos ellos guerreros, y tan rubios, feroces y desdichados como yo. Y no podía explicarme por qué, al verlos, yo sabía que había sucedido en otro tiempo, anterior o posterior. Ni por qué me hallaba en el centro de tan grande e insalvable soledad. Una soledad en verdad de todo punto desquiciada, dado que habitaba en abigarrada compañía, en una fortaleza donde tanta gente se apretujaba y rebullía ruidosamente. En ocasiones, tres abedules blancos solían contemplarme: y puedo asegurar que nunca un rostro humano tuvo, a mis ojos, mayor expresión de tristeza.

Tristeza que ya se repetía en todas las cosas: en el gesto del soldado al lanzar los dados, en las agudas estacas de la empalizada o en las cabalgadas o gritos de aquellos jóvenes escuderos, que hubieran debido ser mis amigos y no lo eran.

Estaba ya entrado el otoño y rebasado en mucho el día que cumplí quince años. Pero nada decía hasta el momento el Barón referente a la fecha, si es que ésta llegaba, de mi investidura.

En los últimos tiempos menudeaban las solitarias salidas a caballo de Mohl. Regresaba tarde, fatigado y pálido. Retirábase a su cámara en lúgubre silencio y yo oía o creía oír la voz de aquel soldado, que murmuraba: «Va en busca de carne fresca...».

Las animadas veladas, los conciertos, las lecturas y danzas y la vida en suma del castillo, declinaron: ya que no estaba mi señora para presidirlas, ni complacerse en ellas.

Desde la muerte de la Baronesa, las damas habían abandonado casi completamente la fortaleza. Las comidas y las cenas transcurrían, muchas veces, en silencio absoluto. En cambio, las libaciones aumentaron.

Cierta mañana en que mi señor partió a sus solitarias galopadas –hacía ya mucho frío, y el viento se arremolinaba sobre las dunas–, tardó más de lo usual en regresar. Durante su ausencia, se agitaron sin cesar las ramas de los abedules y la noche estremecida parecía apresada en el grito de las lechuzas o el acecho de las ya hambrientas alimañas. El aullido de los lobos se aproximaba a las villas y cuando siervos y campesinos se acercaban al bosque o las dunas, se armaban de horcas y cuchillos. Negras manadas de relucientes ojos y fauces abiertas, empujadas por el cercano invierno de la estepa, avanzaban hacia los poblados.

Al cabo de tres días el Barón regresó, portando una extraña presa. Atado a su montura, medio extenuado de fatiga, frío y tal vez hambre, arrastraba a un joven bandido. Desde la muralla les vi acercarse y cruzar el puente levadizo.

Entró mi señor en el castillo con arrogancia y júbilo tales que jamás guerrero alguno, tras su mejor batalla, parecería más triunfal. El viento agitaba sus cabellos castaño dorados, donde empezaba a brillar una suerte de invernal escarcha. Su figura se erguía y aun se estremecía, con orgullo apenas refrenado, desde la frente hasta los cascos de su montura. Y me pareció que el viento desataba alguna furia, guardada de antiguo para tal ocasión.

Cuando entró en el patio de armas, Mohl desató al prisionero, lo arrojó al suelo y lanzó su caballo al galope. Y cosa extraña en tan contenido caballero, dio varias vueltas en torno a su presa, de forma que parecía honrar –tal como solían hacer nuestros viejos guerreros– alguna muerte. O, acaso, celebraba una oscura fiesta que únicamente él podía conocer. Luego, ordenó que encadenaran al muchacho y que, sin hacerle daño, lo condujeran a la mazmorra.

A la noche, durante la cena, se mostró más locuaz que de costumbre: tanto, como sólo tiempo atrás –o quizá nunca– le habíamos conocido.

Al fin, una vez iniciadas las libaciones de sobremesa, manifestó:

–He apresado a una criatura muy singular.

Se apresuraron todos a comentar aquel incidente. Pero el Barón no dio más detalles sobre el suceso y yo sentí algo semejante a un húmedo aliento. Me estremecí y al punto Mohl me miró intrigado:

–Sirve más vino –dijo–. ¡Hemos de celebrar un acontecimiento de gran importancia!

Pero si bien todos bebieron y brindaron abundantemente, nadie supo qué era aquello que se celebraba tan generosamente. Se habló mucho de los bandidos que infestaban los contornos, de sus asaltos y crímenes, de su feroz saña. Luego, hablaron de lobos. Y así, sus conversaciones se prolongaron hasta el alba.

Sólo cuando todos, o casi todos, estaban embriagados, mi señor, dando pruebas de mayor resistencia y temple que sus caballeros, se retiró a su cámara.

Levantamos las mesas, las arrimamos a los muros y nos tendimos a dormir, disputando, como de costumbre, el mejor y más cercano puesto junto al fuego. El viento arreció contra los muros y del gran paladar del hogar brotó humo y un enjambre de chispas y negras partículas cayó sobre nosotros. Tuvimos que pasar mucho tiempo pisoteándolas para que no prendieran en los juncos secos y nos abrasaran.

Al día siguiente, sin explicación ni comentario al efecto, el Barón ordenó que condujeran al joven prisionero a su presencia. Solían celebrarse juicios para castigar o descargar todo delito, por pequeño que fuera. En tales ocasiones, mi señor imponía la justicia: mas nunca según su albedrío, sino apelando a otros hombres, previamente convocados y elegidos para ello. No se trataba de una ley, no existía en nuestra tierra un código especial para estos usos. Era sólo una costumbre; mas, como tal, arraigaba tan hondo como las más viejas raíces de los bosques. Un grupo formado por villanos, clérigos, feudales y caballeros, junto a mi señor, deliberaban, esclarecían y al fin juzgaban delincuente y delito. Y de sus reflexiones desprendíase el castigo o el perdón.

Así había sido siempre, y así esperábamos que fuese para el joven que todos suponíamos bandido. Sin embargo, no hubo juicio alguno. Mohl ordenó que le quitaran las cadenas, lo alimentaran y le dieran ropas limpias (y aun lujosas). Y más todavía: mandó preparar un baño, con agua perfumada y caliente –como solía hacerse con los jóvenes escuderos en vísperas de su investidura–, con destino al descostre y aseo de semejante criatura. Y como, en verdad, nadie tenía constancia –pues nada dijo Mohl, a este respecto– de que el joven fuera realmente un bandido, o delincuente alguno (sino que así nos lo trajo al castillo), nadie pudo, o supo, formular una protesta válida a este respecto.

Mas tales hechos despertaron un malestar de oscuro augurio, aunque no preciso, en el castillo. Y ese malestar crecía, aunque no osaba manifestarse o estallar de forma satisfactoria.

Lo cierto es que desde aquel momento la fama de justicia y equidad que caracterizaba a Mohl, sufrió un rudo golpe. En verdad, volviose tiránico e intolerante; afloró la retenida crueldad en todos sus gestos y acciones y nadie osó, ya, inmiscuirse en el hecho de que aquel vagabundo, o bandido (o quién sabe qué extraño ser albergaba la curiosa presa del Barón), apareciera lujosamente ataviado y adornado en sus estancias, ni que desde aquel punto y hora, Mohl lo retuviera consigo y no lo apartara de su lado. No llevaba la vida de los jóvenes escuderos, ni dormía en la misma estancia que nosotros; ni tan sólo le servía a la mesa. Limitábase mi señor a llevarlo tras sí, de la misma manera que gustaba de ser escoltado por la jauría; o le encargaba portar en el puño el halcón predilecto. Comenzaron a circular rumores de que el muchacho pasaba la noche tendido a los pies de su lecho, como un perro fiel o un esclavo.

A simple vista el muchacho representaba unos doce o trece años; tan grácil y delicada era la configuración de su cuerpo, que en suavidad de movimientos recordaba los de una muchacha o una gacela. Y tan extraordinario era el brillo de sus largos cabellos, de un raro color oro-fuego. Pero, observando con atención el ángulo de sus mandíbulas, la dureza de sus largos dedos y, sobre todo, el metálico brillo de sus ojos grises, podía sospecharse en él –o aun adivinarse– bastante más edad y más firmeza –si es que no rudeza– de la que aparentaba poseer bajo su gracioso, gentil y cándido aspecto. Sus modales y lenguaje eran tan refinados y sutiles como los del propio Mohl: de suerte que la primitiva sospecha de que tratábase de un maleante, vagabundo o bandido, comenzó a disiparse de las mentes. No obstante, en cierta ocasión, el Barón le dio, como por juego, una afilada daga. Encendióse entonces su mirada en salvaje alegría y lanzó el arma con tal fuerza y puntería sobre el blanco donde los escuderos solíamos ejercitarnos, que el propio Mohl arrebató la daga de su mano y la guardó, con bastante recelo. No volvió a darle ninguna otra ocasión de mostrar –al menos en nuestra presencia– tan sorprendente habilidad, fuerza y destreza. De forma que, aun disipadas las sospechas sobre el enigma de su origen («al menos –se decían los nobles señores–, no es de origen villano: pues ninguna de esas toscas criaturas podría ofrecer tan exquisita corrección y donaire, aun en los momentos de más relajamiento»), lo cierto es que la zozobra y la inquietud rondaban siempre la presencia de tan extraña como atractiva criatura.

Sería comprometido especificar el papel que representaba ese muchacho en la pequeña corte del Barón. No era ni paje, ni sirviente ni escudero. No era, en modo alguno, juglar –creo que detestaba las canciones y poesías, y no lo ocultaba con demasiado ahínco–; no sabía pulsar ningún instrumento, ni siquiera leer o recordar historia alguna, por simple que fuera. La única tarea que, de tarde en tarde, le confiaba mi señor –aparte la de seguirle como su propia sombra– era portar al puño o al hombro (más como placer que obligación) su halcón preferido.

Hasta el día en que, atado y medio a rastras, trajo al castillo a este jovencito, los sentimientos íntimos del Barón Mohl habían permanecido en la sombra (hasta incluso llegar a parecer muertos). Y su afición por los adolescentes, aunque conocida, constituía asimismo una suerte de secreto sobreentendido. No obstante, a partir del día que apareció con su prisionero y luego de ornado y acicalado (tanto como antes astroso y macilento), su actitud no mostró recato ni prudencia alguna. Posaba su mirada sobre el joven sin moderación ni aun la discreción más somera: de forma que, más que ojos, parecían los suyos dos hambrientos lobos al acecho. Y llevado por tan insólita falta de contención y aplomo, apoyó más de una vez su mano sobre la cabeza orofuego del muchacho. No llegó –en público– a acariciarlo. Pero el temblor de sus dedos hacía presumir ese deseo y aun otros muchos más violentos y mucho menos cándidos.

El halcón preferido del Barón que a veces llevaba en el hombro su prisionero, era un ave singularmente amada por mi señor. Tanto, que en lugar de permanecer en la halconería, como los demás, dormía junto a su cabecera. Este animal, de mirada arrogante y un tanto necia, iba adornado y alhajado de forma –al menos a mi juicio– harto aberrante. Y para colmo de excentricidad, Mohl le había hecho fabricar un collar de oro, en cuyo centro lucía una piedra de reflejos azules, seguramente muy valiosa. A veces, entre la vasta y abigarrada compañía del Barón Mohl, descubrí en la mirada de más de uno, un relámpago de codicia e irritación. Pero también es cierto que todo intento de llevar a cabo intenciones tan evidentes como sofocadas, quedaba fulminado por el alarido de pavor que en la intimidad de tan gozosos desvaríos provocaba la sola idea de realizar tal hazaña. Antes hubiera osado la víctima de tan peligrosas tentaciones abofetear al propio Barón (bofetada que tampoco tuve ocasión de presenciar) que cometer en el pájaro semejante desafuero. Desde la llegada al castillo (primero un tanto vejatoria, luego triunfal) del muchacho del pelo llameante, nadie había osado ni tan sólo tocar la peligrosa ave. Ave que, dicho sea de paso, inspiraba suntuosos ensueños de estrangulamiento en las mentes más apocadas. No es extraño, pues, que la envidia despertada por el animal se desahogara al menos en algo tan inocente como el clandestino alborozo de apodarle «Avechucho», en vez de Kunh, como era su nombre. Según oí a Ortwin, su Ayudante de Cámara, la primera mirada del Barón, cuando abría los ojos al nuevo día, era para Kunh; y lo hacía con verdadero deleite, o incluso amor.

No revestía para mí ningún secreto el que mi señor no hiciera distinción entre uno y otro sexo, entre los adolescentes de su elección. Dicho de otro modo: le daba igual que se tratara de muchacho o muchacha, con tal que fueran hermosos, de suaves modales y dulce temple. No podría aseverar, empero, si fueron sueños o realidades las criaturas que vi en cierta ocasión en su cámara –si es que aquella era su cámara, y si es que realmente la vi–: lo cierto es que en semejante habitación no entraba nadie, excepto su leal Ortwin. Y si en un principio mucho me extrañó que no la compartiera con su esposa –para ello habíala dividido, como ya hice notar–, de seguir tan ignorante y cándido como en aquel tiempo, más me hubiera extrañado que esta habitación fuera tan celosamente prohibida a las gentes del castillo. Máxime, si se tiene en cuenta que la mayoría de los señores hacían de estas estancias, no sólo cámara conyugal, sino que por ser comúnmente las más amplias, lujosas y abrigadas en ellas solían tener lugar los esparcimientos invernales donde reunían no sólo a sus familiares, sino también a sus caballeros, escuderos y vasallos predilectos. Nadie ignoraba la tendencia de mi señor hacia la más extrema juventud. Y yo mismo hube de oír puyas maliciosas a raíz de la indudable predilección que me mostraba. Pero, siendo yo feo, y de modales nada refinados –incluso imagino que hasta groseros–, difícilmente coincidía mi aspecto con el que tanta satisfacción como ansia despertaba en mi señor. Así que deseché tales habladurías con desdén, y poco caso hice de ellas.

A causa de la falta de discreción que caracterizó las relaciones de mi señor y el muchacho misterioso –nadie atinaba a saber si respondía al nombre de prisionero, esclavo u objeto de lujo–, este relajamiento en su porte debía, con toda seguridad, mortificar íntimamente al Barón. A pesar de la indudable ternura y pasión que le embargaban ante semejante individuo, pasado un cierto tiempo, como si en lugar de tan sesudo caballero se tratase de la más caprichosa y antojadiza dama, empezó a variar su carácter, y mudar de humor. Tal vez deseaba vengar la pasión que el mancebo le inspiraba, tal vez deseaba castigarse o castigarle a él por ello: el caso es que, a menudo, trataba al jovencito con crueldad, al menos de palabra, y le humillaba y vejaba, sin rebozo, ante los otros. Cosa ésta, a mi juicio, tan desaforada como las públicas demostraciones de su pasión. Así, ora lo encadenaba aunque fuera con cadena de oro, y maniatado de esta guisa, lo arrastraba tras de sí, ora le obligaba a comer en el suelo, a sus pies, mientras le propinaba suaves pero nada honrosos puntapiés donde mejor le pluguiera. En otras ocasiones designábale con nombres que solía emplear para sus perros, o sus caballos; o bien, refiriéndose a su persona, lo llamaba simplemente «cosa» o «carne». Una vez, lo tuvo encadenado a la pata de su mesa, durante todo lo que duró la cena y sus largas libaciones.

Pero al tiempo que sucedíanse tan insensatas como impropias escenas, abandonaba toda severidad apenas sin transición. Suavizábase su voz y en ella llameaba el amor, de forma singular. Y mostrábalo sin mesura, ni orgullo. De modo que tan febriles sentimientos acabaron por escandalizar a muchos, y a ser blanco de conmiseración o mofa en otros. Sobre todo cuando, pasadas las extravagantes exhibiciones de ira o amor de que hacíale objeto y aun durante ellas, el jovencito empezó a hacer caso omiso, tanto de humillaciones como de cálidas efusiones públicas. La burla más descarada fue abriéndose paso en sus cautas facciones, tan sagazmente revestidas de inocencia. Día a día, mostrose más cínico y osado, y ante aquel hombre (aún tan respetado y temido) él se permitía burlonas sonrisas, descarados mohínes y más de una mirada repleta de desdeñosa indulgencia.

Comenzó a murmurarse, ya sin rebozo, sobre las alarmantes proporciones que iba tomando en mi señor tan funesta esclavitud. Y mucho indignaba el hecho, ya proclamado sin secreto, de que el Barón llevara todas las noches a su joven prisionero hasta lo más remoto y profundo de sus sueños. Y no porque esto fuera en él cosa nueva, ni extraordinaria, sino porque ni siquiera trataba de ocultarlo.

Apuntaban los primeros hielos, cuando cierta mañana despertó el Barón sacudido por una horrenda pesadilla. Aún bañado en el sudor de tales espantos, buscaba con la mirada una presencia íntima y consoladora, cuando pudo contemplar al inefable Kunh degollado a sus pies. Notoria se hizo, empero, la ausencia del lujoso collar, así como la del gentil y descarado prisionero.

Solía dormir el Barón sin más prendas encima que su cadena de oro al cuello, y el anillo con las Armas de la Caballería. A despecho de su distinguido porte e indudable arrogancia, saltó del lecho como un lobo; y de tal guisa –esto es, en cueros vivos– recorrió el castillo, exhalando en desaforada profusión rugidos y ululaciones tales como jamás lograría emular, ni en fiereza, ni en poderío, una jauría entera.

Algo más tarde, lúgubremente aplacado, regresó a su cámara; y dejándose caer en el puro suelo –así lo explicó el afectado Ortwin–, abandonose a un silencio donde se presumían pocas bonanzas. Inmóvil, permaneció en tal postura durante muchas horas. Cerca del mediodía levantó despacio sus párpados, como si despertara de un pesado y largo sueño. Aún pálido y demudado, pero con gran aplomo y recogimiento, ordenó salir prestamente veinte hombres armados en pos del ingrato, con orden y promesa conjuntas de traerlo vivo a su presencia antes del anochecer, o cobrarse en sus cabezas el fracaso de la expedición. Después, dedicó un buen rato a envolver en un banderín con sus colores al malogrado Kunh. Una vez liado a su gusto lo entregó a un sirviente, para que lo enterraran en cualquier parte.

Antes de la hora vespertina, los ladridos de los perros y las indiscretas aclamaciones (en verdad, maliciosas) de aquellos hombres enviados con tan poco estimulante señuelo, anunciaron, a partes iguales, el presto cumplimiento de sus órdenes, y el alivio de saberse aún en disposición de las propias testas.

Ya recobradas la continencia y serenidad perdidas (al tiempo que su manto de negras pieles), el Barón Mohl reunió a los caballeros y jóvenes escuderos, así como a los capitanes de su tropa, en el patio de armas. Rodeado de todos, entre los que me contaba, y de un gran silencio, armado de su escudo y lanza, permaneció Mohl erguido sobre su montura. Dos de sus más ayunos y sañosos perros de caza tironeaban con fuerza de sus correas, mal reprimidos por un lacayo asustado.

Al fin, aproximáronse los ladridos, el ruido de los cascos y las blasfemias: mas todo quedó segado por la imponente figura de mi señor. Arrojaron al centro del patio –y a las propias pezuñas de Hal, que reculó de espanto –una criatura casi desconocida para quienes, poco antes, la vieran triscar burlonamente por aquel lugar: tan rotas y enlodadas aparecían sus ropas, enmarañado su cabello de fuego, lívido y demudado su semblante. Un pequeño río fluía de su nariz a su boca, pero el rojo oscuro de aquella sangre, ya muy espesa, revelaba, aun a las mentes menos sagaces, qué clase de agasajos y zalemas le habían dispensado sus perseguidores, una vez le echaron la zarpa encima.

Encadenado de manos y pies, apenas si podía arrastrarse, de rodillas por el suelo. Nadie hubiera reconocido en tan lamentable criatura al joven lobezno capturado por mi señor, ni al bello y descarado gurrumino que trotaba poco antes tras su sombra.

El Barón le contempló sin pronunciar palabra. Sólo el jadeo del muchacho, y los gruñidos mal reprimidos de los perros, arañaban tan inmóvil como tormentosa forma de silencio. Al fin, el Barón tomó el collar del infortunado Kunh que le tendía uno de los sudorosos hombres: a pesar del frío, sudaban también otras muchas frentes, aunque no tomaron parte en la búsqueda y captura del mancebo.

Una vez tuvo el collar en sus manos, Mohl lo observó con detenimiento: como si jamás lo hubiera visto. Luego, lo ensartó en la punta de su lanza, y lo acercó, casi con delicadeza, a la boca del muchacho:

–¡Trágalo! –ordenó.

Tal vez aguardaba, o anhelaba, alguna queja. Acaso una súplica. Pero el muchacho parecía mudo, sólo parecían vivir sus ojos, inhumanamente fijos en el rostro de su señor, y había en ellos una expresión de asombro y desesperación unidas, como sólo he visto, a veces, en la mirada de un animal herido.

Acercó más el Barón el collar, en la afilada punta de su lanza, al joven y éste intentó apartar el rostro. Aquel gesto levantó toda la furia de Mohl. Retrocedió en su montura, cimbreó su lanza y cargó sobre el muchacho, atravesándole la boca: igual que si del ejercicio del anillo se tratara (y que con tanto gusto solía presenciar). Lo llevó a cabo tan certeramente, y con tan singular puntería dio una y otra vez en el blanco, que, a poco, una masa sanguinolenta y viscosa sustituía a aquella boca fresca, descarada y riente, que tanta pasión –aunque más dulce– despertara otrora en mi señor.

Una sutil nevada comenzó a caer. El Barón levantó el rostro al cielo, y una centelleante lluvia de copos le cubrió la frente y resbaló por sus mejillas. En el suelo yacía el muchacho, sacudido por un estertor largo, cálidamente animal. Entonces Mohl levantó el brazo, blandió la lanza con gran sabiduría, y la arrojó sobre el cuerpo tendido. El arma se hundió en el centro de aquella frágil y hermosa criatura: lo atravesó, y clavó en el suelo. El Barón hizo una seña al lacayo, y éste soltó a los perros.

Y cuando lo despedazaban entre gruñidos de salvaje placer, el Barón espoleó su caballo; y, en torno al informe amasijo de sangre y carne desgarrada que aún palpitaba entre los dientes de los canes, repitió una y otra vez su conocido galope circular, antiguo y fúnebre. Una y otra vez –no puedo saber cuántas–, estrechó y ciñó en su cerco al informe guiñapo: ayer aún causa de tan honda, exasperada y tristísima dulzura.

En lo alto de la torre vigía, el alba iluminó los ensartados e irreconocibles despojos de aquel que a tan noble, ponderado y orgulloso caballero como el Barón Mohl puso en trance de mostrar, ante ojos indiscretos, la soledad de su corazón.

No había llegado la primera tarde cuando el vigía dio la señal de alarma.

Esta vez, sólo un jinete se divisaba en la pradera. Pausado, macizo y oscuro, avanzaba en el silencio de la nieve. Un cielo quieto, reluciente como un inmenso escudo, parecía aguardar un grito, alguna cólera. El jinete cruzó el río helado, y las sombras de los abedules se agitaron al recuerdo de un eco, que traía el espectro de un nombre. Por sobre la torre vigía, oí el aleteo de dos buitres. Después los vi volar hacia las dunas.

Aún no se distinguía el rostro del jinete, cuando Mohl lo reconoció. Y pese a saber quién era, no mostró desdén o repugnancia. Antes bien, requirió prestamente su caballo, lanza y escudo.

Entonces retornó a mis ojos una escena soñada –o quién sabe si verdadera–. Mas esta vez no fui yo, sino el propio Barón quien requirió:

–Ensilla tu caballo, y sígueme.

A nadie más permitió acompañarle. Pero eran tan extraordinarias todas las cosas, que ni siquiera sentí mi propio asombro, o el odio que tan desacostumbrado mandato hubiera despertado en sus caballeros. Le seguí, consciente de que no pisaba la blancura de un sueño, sino tal vez de un recuerdo que aún no había llegado a mí, al que observaba desde muy vastas lejanías.

El viento levantó nubes blancas del suelo. El jinete atravesó el río y, siempre en la misma calma, fue a nuestro encuentro. Cuando estuvo a una cierta distancia se detuvo. Recio, torpe y casi anciano. Bajo la bruñida tersura del cielo, brillaban sus cabellos rojiblancos, y mecíanse, junto a su rostro, dos flacas trenzas.

Un aullido largo, mucho más largo y ululante que el de los lobos de la estepa, rasgó mis oídos. En él crecía, de nuevo, aquel nombre: se tensaba como el arco, y huía una y otra vez hasta fundirse en el brillo del cielo.

–¡Vete! –le gritó Mohl–. ¡Vuelve a la estepa! ¡No quiero luchar contigo!

Pero el Conde Lazsko avanzó aún: primero en un trote menudo, luego más briosamente. Se arrojó al fin, con pesada furia, lanza en ristre, contra mi señor.

Mohl paró y resistió el golpe: su escudo pareció abrirse en cuatro rayos blancos. Pero en lugar de responder al ataque, retrocedió en su montura, y gritó de nuevo:

—¡Vuelve a la estepa! ¡Nunca debiste salir de allí!

Lazsko tomó nuevo impulso, alzó el arma en su corto brazo, aulló:

—¡Devuélvemelo, maldito! ¡Devuélvemelo!

Aún dos veces más cargó con furia contra Mohl. Cuando chocaba su lanza contra el escudo de mi señor, comprobaba la firmeza de éste al parar la furia, torpe pero poderosa, de cada embestida. Aunque me causaba estupor ver que Mohl no respondía a los ataques: se limitaba solamente a rechazarlos.

El viejo Lazsko reculó de nuevo su caballo. Y de pronto, sus hombros se desplomaron, e inclinó la cabeza sobre su pecho. Sobre las pieles que cubrían su pecho vi balancearse las escuálidas trenzas, de un oro rojizo e impropio, cuya visión acreció en mi ánimo un inconcreto malestar. La voz del viejo Conde se abandonó entonces a aquel nombre, un nombre que parecía desgarrarse entre los dientes de los lobos, o formar parte misma del viento estepario. Un bramido ronco, totalmente inhumano, surgió de su garganta.

—¡Devuélvemelo, o mátame...!

Mi señor blandió su lanza y, por primera vez, galopó y cargó contra su viejo y ya inexistente enemigo. Lo atravesó, sin que el grueso brazo de Lazsko alzara siquiera su escudo. El macizo jinete se tambaleó: un trozo de la astillada lanza se erizaba, aún, en su vientre. Luego cayó al suelo, de lado, y levantó en la nieve una blanquísima polvareda.

Me pareció que transcurría un tiempo largo, donde sólo habitaban el relincho y el coceo asustados de su hermoso corcel estepario. Al fin, el caballo volvió grupas y partió, sin jinete, hacia las dunas.

La mano enguantada y negra de mi señor se alzó en el aire, llamándome. Obedecí, presa de un súbito terror, sin voluntad, ni voz. El Barón acercó nuestros caballos al cuerpo derribado de Lazsko. Y juntos estuvimos durante mucho rato contemplándolo. El viento levantaba su cabello, arrojaba grandes manchas blancas sobre el antiguo enemigo, se arremolinaba en su cuerpo, y parecía lamer o saborear la muerte.

Al cabo, dijo Mohl:

—¿Quién hará igual conmigo, el día que lo precise...? ¿Quién, hijo mío?

Y me llamó hijo, aún dos o tres veces. O quizá, mil veces más. Sólo esta palabra traía el viento, en tanto regresábamos, vencedores sin gloria, hacia el castillo.

En verdad que aquel combate no fue el que yo soñaba tantas veces: cuando aún era una pobre y salvaje criatura, la espalda contra la hierba, cara a las nubes, la vista nublada por un sanguinario y ya imposible placer.

Cuando llegamos a la muralla, un sol casi transparente iluminaba las almenas. Lo primero con que mis ojos tropezaron fue la sombra triple de mis hermanos. Y tan negra aparecía en el suelo, como blanca mostrábase la nieve.

VIII

EL ENVÉS DEL ODIO

Los buitres y el viento redujeron a la pura nada los sangrientos despojos de quien fue muy amada criatura. Mas no llegó a desaparecer, y persistió durante mucho tiempo –ondeante al viento cual vengativo banderín– un mechón de su pelo rubioleonado. Contemplándolo, regresó a mi mente un abominable cortejo de gritos y memorias, donde se abría paso, con estremecedora nitidez, otro rojo mechón preso en las llamas de una hoguera. Así, recuperé el atónito pavor que un día me fulminara y derribara en tierra. Igual que entonces, permanecí sin voz tres días seguidos, privado no sólo de la palabra, sino de casi todo entendimiento. Frente al fuego, mirando las llamas sin cesar, pasé tiempo, mucho tiempo: no sé cuánto. E incluso los más despegados y malévolos de entre mis compañeros tuvieron para mí, en aquel trance, una palabra amistosa o un silencio compasivo.

Así pasaron muchas jornadas. Yacen en mi recuerdo, insoportablemente blancas. Ni el vino hubiera dado más pesadez a mis párpados, ni el más violento combate podría magullar hasta tal punto mis huesos.

Al fin, un día, me sobresaltó el piar de unos pájaros en la nieve. Aleteaban y disputaban en torno a las migajas que les arrojaba un pequeño marmitón de cocina. Y en tanto los animales se lanzaban vorazmente sobre tan exigua sustancia, el niño arrojó sobre ellos, cautamente, una pequeña red. Cuando los tuvo atrapados, fue atravesándolos uno a uno con una larga aguja (de las que usan los cocineros, para asar aves). Sus mejillas se encendían de placer, movía la cabeza, y los negros cabellos se mecían, medio ocultando sus ojos. Creí entonces salir de un dilatado sueño. Brillaba el sol de invierno en el silencio peculiar de la nieve, y el día se mostraba como impregnado de una resignada cólera, sólo rota por los gritos de los pájaros y la entrecortada risa del pinche. No conseguía recordar por qué estaba allí: frotándome brazos y piernas, pateando de frío, mientras contemplaba, pasivo y lejano, los juegos del muchacho. Sobre nosotros, masas de nubes transparentes se diluían en una luz líquida, incolora, y sentí que algo se desprendía de mí. Un sopor, o una vida, donde aún vagaba el solitario jinete de mi infancia. Entre rubios guerreros navegantes por un inmenso mar de vino en el que flotaban las trenzas de la ogresa. Mezclados a la bruma de estas visiones, no conseguía separar los cuerpos de mi padre y del Conde Lazsko: el uno atravesado por la lanza de Mohl, y el otro a lomos de los jorobados.

Poco después me avisaron de que mi señor reclamaba mi presencia.

La voz y las palabras volvieron a mí en tanto dirigía mis pasos, por primera vez –si es que la otra fue delirio–, a la cámara privada de Mohl. Y cuando al fin entré en ella, reconocí objeto por objeto todos sus enseres, muebles y ventanas: los vidrios verdosos, los cofres, las pieles y el gran lecho con dosel. Tuve entonces un pensamiento extraño, y en verdad muy violento. Tanto, que parecía beber en él mi antigua fuerza, hasta saciarme de ella. Tenía la absoluta convicción –a despecho de no poderla razonar– de que, aun en el trance de hallarse encadenado, caído y aguardando la lanza de su señor, si el muchacho del cabello de fuego se hubiera negado a sí mismo la muerte, no habría muerto. Y aunque tal idea incluso me irritaba (dada mi incapacidad para desentrañarla), aquella certidumbre persistía y crecía en mi ánimo: allí donde la razón se negaba a alojarla. En todo lugar, objeto o suceso donde ponía mi pensamiento, recuerdo o simple zozobra, se encendían ahora llamas solitarias. Y veía un fuego esparcido, dividido, pero constante, y anuncio de una inmensa hoguera.

El rostro del Barón mostraba, de nuevo, la serena distancia casi añorada por quienes, en los últimos tiempos, presenciamos su declive. Pero vi diminutas arrugas al borde de sus labios, y en las sienes, junto al cabello que otrora se mostrara castaño dorado, brotaba la blanca raíz donde se ahínca y extiende el árbol de la muerte.

Estuvo hablando mi señor durante mucho rato. Dijo que me apreciaba por leal y fiero, y por el inquebrantable hierro de mi naturaleza. Dijo que era yo el mejor de entre los jóvenes escuderos y que, con toda seguridad, llegaría a ser un valiente caballero: verdadero Señor de la Guerra, temido y respetado a la par. Al fin, rozó mi hombro con su mano, y aseguró que creía contemplar mi futuro, que me veía pasar por entre y por sobre innumerables guerras. Algunas, de todo punto inimaginables para el humano entendimiento: pues en ellas yo permanecía inmune al hierro y fuego, y a todas las derrotas que estremecen de parte a parte el mundo. «Es más –añadió–. Te veo avanzar como espada alada, y atravesar así la tierra, el mar y el aire.»

Ensoñadoramente, cerró los ojos. Y me vino a la mente una lucha entre águilas y gavilanes que, siendo niño, presencié en el cielo de las dunas. Pero mi señor no se refería a esta clase de luchas en el cielo o aire, puesto que murmuró, como para sí:

–También luchan, vencen y sufren derrotas las estrellas.

Esto me dejó muy admirado de su sabiduría. Mas existía una muralla (invisible, pero inexpugnable) que no sólo cercaba mi cuerpo, apartándome del mundo, sino mi ánimo. Y aquella muralla sofocaba todos mis impulsos, e impedía que me manifestara con la espontaneidad de otros tiempos. De forma que, aunque mucho lo deseaba, no le pregunté nada sobre aquella clase de guerra entre los astros, en la que él me veía triunfar tan gallardamente.

–Tu impiedad y tu inocencia unidas –dijo Mohl–, pueden convertirse en armas muy estimables. Bien gobernadas llegarían a devastar toda la podredumbre que nos anega. De manera que debo guardarte junto a mí: tú serás mi escudo contra el mundo. Y, acaso, contra mí mismo.

Estas palabras, aun asombrándome, me parecieron pronunciadas en una región donde yo no habitaba. Incluso parecían dichas en una lengua que no era la mía. Pero él tomó por sumiso acatamiento, quizá por gratitud, un silencio que no significaba sino la más profunda e insalvable distancia. Acaso, una aún confusa forma de indiferencia.

Mi señor me sonrió (creo que por primera y última vez en la vida):

–No tardará en llegar la primavera –dijo–, y te doy mi palabra de honor de que para esa fecha serás armado caballero.

Aquella decisión era la que yo aguardaba día tras día y noche tras noche, desde el momento en que entré en el castillo. Sabía que esta esperanza y esta promesa eran lo que en verdad me retenían allí. Pero en aquel momento tan deseado, no sentí alegría, impaciencia, ni siquiera asombro. La verdad escueta es que no sentí absolutamente nada.

Mis ojos resbalaron por sobre los escudos y las armas que pendían de aquellos muros, por los hermosos vidrios de la ventana donde el sol se tornaba de un verde tan delicado como misterioso. Y en ellos busqué desesperadamente algún destello de mis pasadas ilusiones, si no de júbilo, de satisfacción cuando menos. Pero sólo los reflejos y las sombras a través de la ventana ofrecían algún interés para mí: no las palabras, ni las promesas. Ni siquiera la seguridad –como en verdad tenía, viniendo de tal señor– de que serían cumplidas.

El Barón me indicó, entonces, que me sentara frente a él, casi a sus pies. Y se extendió en mil argumentaciones, como si ante sí mismo justificase la necesidad que había de retenerme y no apartarme de su lado. Había decidido incorporarme a su servicio personal, a las órdenes del caballero Ortwin.

–Pero no por ello descuidarás, y con más rigor que ningún otro escudero, el ejercicio de las armas: he observado con gran satisfacción que sobresales singularmente en ello.

Tras oír todas estas cosas, creí había llegado el momento de retirarme. Pero Mohl, con un gesto, me ordenó que no me moviera. Permanecimos así mucho rato, sentados uno frente a otro y en silencio. Él miraba obsesivamente hacia la ventana, tras cuyos vidrios se adivinaba otra vez la caída de muy ligeros copos. Y parecía prendido de aquel resplandor. Cosa que, en verdad, era contemplar el espectro de la nieve. Tan atentos estuvimos a aquella nevada más adivinada que vista, que diría nos sumimos o quizás elevamos en un espacio sin cabida a otros sentimientos o reflexiones más que la contemplación del verde vidrio, o la luz blanca del mundo exterior y extraño.

Abandonados o resignados a aquella suerte de enajenación estuvimos tiempo y tiempo, no sabría cuánto.

Ni siquiera sé si todo esto sucedió entonces, o antes o después de todas las muertes. Sólo tengo una certeza: aquella fue la última nevada del invierno.

En un principio, Ortwin me recibió con desvío, incluso con cierta animosidad. Pero como estas demostraciones humanas ya no me afectaban le serví y obedecí en todo, con extraordinaria docilidad. Fui aliviándole así de muchas tareas –las más pesadas, por supuesto–. De forma que poco a poco fue relegando en mí gran parte o casi todas ellas, con creciente complacencia. Desde aquel momento, hube de servir sin reposo a mi señor: sus armas, ropas, caballos, mesa (y mil detalles más) me fueron de día en día encomendados, con mayor confianza. Y con cierta frecuencia acompañé a Mohl en sus recorridos por tierras de su inmenso dominio cuando, como solía, vigilaba el trabajo y rendimiento de siervos y colonos.

Ortwin llegó a tomar por mansedumbre y sumisión lo que en mí era el más profundo despego hacia el mundo, sus criaturas y afanes. Y, cediendo al fin en su inicial frialdad (y aun recelo), me acogió, al cabo, sin reservas. Supongo que llegó incluso a celebrar la decisión del Barón, aunque era hombre totalmente opuesto a toda clase de demostraciones afectivas. En lo que a mí respecta, con tanta docilidad y eficacia le obedecía a él como a mi señor, y aun con idéntico respeto. Así de grande era la distancia o ausencia de mi vida entre sus vidas.

Sólo alguna vez, al contemplar los caminos donde ya se derretía la nieve y comenzaba a sentirse la pujanza de la tierra, de todas sus plantas, manantiales, tímidas flores o animales, notaba como una punta afilada que arañase mi cansancio y por su ranura asomase el olvidado deseo de otros días. Pero aun experimentado tales sensaciones, no llegaba a reconocerlas.

–Ya pasará el invierno, puedes estar seguro– me dijo Ortwin un día.

Acaso imaginaba que me consumía de impaciencia, en espera de que llegase la fecha de mi investidura. Miré en silencio su rostro grueso, rubicundo y lleno de pecas, donde las espesas cejas casi ocultaban sus ojos, aquella boca donde faltaban tantos dientes como sobraban agujeros, y sentí una vaga desolación. Una vez, durante un combate, le propinaron un tajo de tal envergadura que casi le arrancaron la mandíbula. Pero Ortwin contuvo la sangre y así, imagino, salvó su vida mordiéndose la barba. Esto es: metiéndosela en la boca. De tal guisa, continuó luchando y pudo resistir con dignidad, hasta que aplacada la furia de ambos bandos el físico lo remendó como mejor pudo.

–Pero no fue un acto de valor, ni demuestra fiereza alguna en mi carácter –explicó–. Sólo escrúpulo y minuciosidad en los detalles. Me gusta la corrección, tanto en las ropas como en el aspecto de las gentes en general. Esta minuciosidad y celo me valió el honroso puesto que ostento junto al Barón Mohl.

Mesábase luego la barba (a la que tanto debía) con verdadero cariño. Como si se tratara de un ser muy amado, y no de una exuberancia más de su persona. Aquella barba rojiza constituía, con toda seguridad, su más preciada riqueza. Todos los días la desenredaba con un gran peine de hueso, cuyo borde ostentaba una cenefa finamente labrada.

A medida que nuestro trato se hacía más estrecho, pude apreciar la lealtad de sus sentimientos hacia el Barón. Ortwin era un noble de origen casi tan pobre como yo mismo. Poco después de su investidura, prefirió seguir al servicio personal del Barón, como Ayudante de Cámara, y abandonó casi por completo las armas. Mohl lo había elegido y consentido en tales deseos, precisamente por su inquebrantable discreción y fidelidad, por el buen gusto y esmero con que atendía su ropero y enseres. Cualidades éstas que no hacían presumibles su robusta y alta figura, ni el atroz y mal disimulado tajo de su mandíbula. Creo que Ortwin me llegó a cobrar tanto afecto como pueda sentirlo un padre por su hijo –excepto el mío–. Pero aunque yo le trataba siempre con respeto y deferencia, no podía albergar sentimiento de ninguna clase hacia él: ni malevolencia, ni amistad, ni afecto. Y lo mismo me ocurría respecto a las demás gentes que allí, y conmigo, convivían. O, al menos, así me lo parecía entonces.

–Deberías ser más cuidadoso de tu aspecto –me dijo Ortwin en cierta ocasión. No había pasado por alto a su atenta mirada el hecho de que, desde un lejano día en que mi amada señora lo hizo cortar, jamás osó nadie poner la mano o el filo de una cuchilla en mi cabeza, totalmente invadida por antojadizos mechones. Cada uno de estos grupos crecía en la dirección que estimaba más conveniente, y en espesa y nutrida proliferación. Nada ni nadie –y yo menos que ninguno– se opusieron hasta entonces a la libertad y goce de tales desórdenes. Pero al oír la insinuación de Ortwin, mansamente incliné la cabeza ante él, con el mismo gesto que hubiera tenido ante el verdugo, si me hubieran condenado a morir bajo el hacha. Sorprendido y alborozado ante tal resignación, ya se disponía Ortwin a despejar la indómita pelambre, cuando en el momento justo de blandir su afilada cuchilla atinó mi señor a sorprendernos. Y su grito apabulló toda la dicha de Ortwin:

–¡Detente! –vociferó.

Ortwin le miró sobresaltado. Y aun yo mismo elevé sorprendido mis ojos hacia Mohl; pues había en su voz algo que me recordaba al miedo.

Casi con furia, el Barón arrebató la cuchilla de manos de mi defraudado esquilador, y dijo ante el pasmo de Ortwin y mi curiosidad:

–Jamás toques un solo cabello a este guerrero. Ya no estimo a mi lado la belleza. Antes bien prefiero en su estado más puro la fuerza salvaje de la vida.

Me pareció que en tales palabras yacía una derrota: o tal vez, sólo una inmensa desolación. Pero Mohl añadió:

–Si durante el combate te estorban estos mechones que caen sobre tus ojos, sepáralos en dos mitades y trénzalos muy alto: de forma que ambos caigan a cada lado de tu frente.

Al oír tan minuciosas como extrañas órdenes, Ortwin pareció atacado en lo más sensible de sus leyes o códigos.

–¡Trenzar su pelo, señor! ¡Como los esteparios...! –aulló, en verdad escandalizado.

Pero Mohl replicó que así lo hacían nuestros dioses muertos.

–Y acaso –añadió, tras una breve meditación– los dioses por nacer...

Por tanto, separé los susodichos mechones, causa de sus zozobras. En verdad, saltaban sobre mi frente y orejas, en tal estado de abandono que mucho estorbaban durante los ejercicios y, tal como dijo Mohl, llegaban a metérseme en los ojos. Untados con un seboso ungüento que me proporcionara el dolido Ortwin, los trencé aplicadamente, y desde este punto y hora constaté cómo se incrementaba de forma singular el recelo, y aun temor, que por lo común despertaba mi persona.

Cierto día que me disponía a enlazar, separar y anudar tan ásperos manojos, para guiarme me asomé a una charca que el deshielo comenzaba a formar sobre la tierra. El sol apareció entonces tras mi cabeza y encendió aquella aureola blanca que, de niño, llenara de estupor y admiración a quien la mirara (e incluso a mí mismo). Un estremecimiento sacudió mis entrañas, y oí muy claramente, como brotada de la luz o el brillo del agua, la fría y tersa voz de mi bien amada ogresa, que como en otras ocasiones me confiaba: «No eres bello, ni lo serás nunca. Antes bien, puede asegurarse que eres muy feo. Pero tu singular naturaleza vive, desafía y deslumbra más allá de ese efímero y aun tornadizo atributo que se llama belleza. De suerte que, en verdad, resulta mucho más poderosa y turbadora, y aun alberga más seducción que la propia hermosura, la dulzura y la misma bondad...».

Oí, luego, los conocidos cascos de su caballo blanco. Huellas ya, cielo adelante, de un perdido y entrañable amor. Como aquel día que sobre la hierba, entre los gritos y el sol de los guerreros me hizo confesiones parecidas, no alcancé totalmente su significado. Inclinado el rostro sobre la verde charca, me pareció que aquella voz rasgaba una esquina al tapiz de indiferencia en que, últimamente, me cobijaba. De suerte que, por aquel rasguño, se filtró un áspero júbilo, y en él mezclábanse muy turbulentamente el orgullo, la conciencia toda de mi poder, e incluso una aún desordenada, pero muy violenta rebeldía. Estaba descalzo, pues –costumbre adquirida en mi infancia– apenas cedía el frío, me gustaba ir con las piernas desnudas, y calentarlas al sol. Cuando me hallaba solo, libre de servicios, liberaba mi cuerpo lo más posible de toda opresión; y trotaba de tal guisa, casi desnudo sobre la hierba o las piedras. Apenas desapareció en su mundo de ecos y reflejos el galope del caballo blanco, noté bajo mis plantas un crujido caliente, casi animal. Y supe que la primavera estaba al borde de estallar bajo la tierra; y sentí que ésta albergaba un relámpago, largamente prisionero, que acababa de romper sus ligaduras dispuesto a estremecer el mundo, de uno a otro confín.

Llegaron entonces a mis oídos voces y risas muy exaltadas. Una risa peculiar, cuyo rastreo se deslizaba, según tenía observado, en los actos de la más extrema crueldad humana. Yo había oído el serpenteo de esa risa, a los seis años, y no la había olvidado.

Más allá de la muralla vi tres soldados, muy divertidos por alguna cosa. Llegué hasta ellos, sin que pudieran verme ni oírme, pues el sigilo fue la escuela donde di mis primeros pasos entre los hombres. Y aunque iba con los pies descalzos y todavía brillaba la escarcha no me estremecía su contacto, ya que un frío más grande iba adueñándose de mi ánimo. Así, pude ver cómo golpeaban, llenaban de insultos y de burlas a una mísera criatura, un hombre escuálido, medio muerto por los golpes y, probablemente, por las muchas calamidades que le habían llevado hasta los pies de los soldados. Tras la apatía y embrutecimiento invernal, despertaban éstos del sopor de la nieve, alimañas hambrientas de algún suceso que avivara sus embotados sentidos.

–¡Cuéntanos otra vez cómo venciste al turco! –vociferaban–.

Di cómo le diste muerte. ¿Con cuál de tus dos caras? ¿Con ésta? –y la golpeaban–. ¿O con ésta...? ¿Fue acaso a puntapiés en la boca? ¿Así...?

Remedaban grotescas muertes y grotescas luchas en aquel montón de carne derrumbada, entre harapos. Pero aquellas palabras reverdecieron mi memoria: hazañas gloriosas, historias heroicas, fantasmas de un remoto esplendor, regresaban. Y un jinete centelleante (imagen de la gloria, inventada por un niño) apareció cabalgando hacia oriente: por aquel cielo donde, aún tan apocadamente, se doraba el calor de la nueva vida. Entonces vi alzarse hacia mí un rostro partido en dos por un antiguo tajo, mal amparado bajo dos brazos flacos, llenos de informes y mal repartidos bultos (cual granos en vaina reventona), que antaño fueron carne poderosa. Del cráneo amarillento, cubierto de cicatrices, como último jirón de algún maltrecho orgullo brotaba y se bamboleaba a impulso de los golpes, y los inútiles esfuerzos por defenderse de ellos, un mechón pajizo, ceniciento, mal anudado con tirilla de cuero.

El relámpago que pugnaba por liberarse de la tierra, ascendió a mí; desde la planta de mis pies, a mis ojos. Un ejército de huellas cruzó el oscuro firmamento de mi infancia, y con un grito recobrado –un grito que partía de un humano árbol de fuego– salté sobre Krim-Caballo, blandiendo la lanza, bullendo en mis entrañas toda la furia de la tierra.

Cargué así contra los que tan burda y cruelmente maltrataban la fe, el orgullo y la esperanza de mis días niños. Uno por uno, los sorprendí y atravesé sin darles tiempo a defenderse –pues yo no era un ser humano, sino un relámpago de ira y amor, inútilmente amordazado años y años–. Y aun me ensañé contra sus cuerpos ya en la tierra. Entonces me sentí rodeado de ojos que aún se desorbitaban en asombro y miedo mezclados –ojos que, en noches de la guardia, me habían guiñado, compadres, y yo tenía como los ojos de mis únicos amigos–; pero sentí crujir sus huesos bajo las pezuñas de Krim-Caballo, tan enloquecido de odio como yo mismo.

Al fin me detuve exhausto y lleno de sangre, medio asfixiado en la saciedad y gula de mi venganza. La lanza inclinada, como último homenaje hacia aquel que ya era sólo el fantasma de un tiempo, un tiempo que tuve como el más puro y brillante de mi vida. A mis pies alentaba apenas Krim-Guerrero, de su boca sangrante surgió una voz antigua, que no pudo acabar su frase:

–¡Si hubiera resistido mi caballo tanto como yo, te juro, muchacho, que no osarían...!

También sus ojos me miraban, pero eran igual que estrellas renacidas de una espesa niebla donde se mezclaban mentiras, espectros de batallas, asombro y una en verdad muy hermosa recuperación. Pues desde el más lejano confín del cielo, volvió grupas el resplandeciente jinete de la gloria, descendió hasta él, y se alejaron juntos hacia el paraíso de los recuerdos.

Después que el sol se los llevó, me incliné sobre el cadáver de Krim-Guerrero.

«Vencedor del turco», me oí decir. O tal vez sólo oía las lágrimas de algún amanecer, ya alejado de mi vida, inundado de rocío, centelleante, triste y airado ante la vasta mentira que cubre nuestra tierra. Aproximé entonces mis labios a su oído:

–Adiós, hijo de los pueblos tensadores de arco –le dije–. En la alta estepa, hacia donde galopas, está aguardándote un niño a quien no terminaste de aleccionar, ni de maravillar con tus hazañas; búscale y llévale contigo. Le reconocerás porque es fuerte, solitario, y te llama Krim-Guerrero... Llévale contigo, te lo ruego: pues a menudo el eco de su soledad estremece mi corazón.

Como antaño hizo él conmigo, coloqué a Krim-Guerrero en la grupa de mi Krim-Caballo. Y de este modo, galopamos en dirección al norte, hacia las desconocidas sombras de la selva.

Por vez primera me sumergí en la noche de sus árboles y un enardecido aroma a raíces y manantiales secretos me invadió. Al fin un rayo de oro me indicó un claro, cubierto de helechos y escarcha. Suficiente, empero, para enterrar en él toda mi infancia.

Entonces noté el temblor de Krim-Caballo; comprendí la desesperación de sus ojos y, poniéndole una mano en el cuello, dije:

–No tenía montura, por eso le atacaron tan cobardemente. Ahora, Krim-Caballo, vuelve junto a Krim-Guerrero: regresad juntos a la estepa más alta y más vasta, sin principio ni fin...

Partió al galope, al viento su crin, resplandeciente entre la oscuridad. Y en su huida atravesaba árboles y distancias para todos imposibles. No lo vi desaparecer, porque una nube muy brillante se adueñó de mis ojos y, tras ella, comenzó a temblar la selva entera.

Ya era de noche cuando regresé. Mi brutal hazaña había corrido ya, en el castillo, de boca en boca: y atado de pies y manos (tal como un día devolvieran a mi señor la destrucción de un gran amor) los soldados me llevaron ante Mohl.

Me aguardaba en el patio de armas, y reconocí, de un golpe, la estatua de hierro de aquel sueño. Y también la blanca distancia que nos separa –a él y a mí– del resto del mundo.

–Has cometido un crimen –dijo, y su voz venía de muy lejanas zonas, o de muy lejanos tiempos–. Has matado indignamente a tres hombres, sin darles ocasión a defenderse, ni aun de tomar sus armas. Eran tres de mis mejores soldados, y, por tanto, la más feroz de las muertes parece muy pequeña para castigar tu osadía. Pero soy un hombre justo y, conociendo tu naturaleza, mucho me sorprende la gratuidad de tamaña tropelía. Ante mis soldados, pues, te juzgaré: dime, qué razones, o qué locura, o qué necia sed de sangre te ha llevado a semejante crimen.

Miré hacia los soldados; y, entre ellos, vi a aquel anciano de barba cana que había luchado tantas veces junto a mi señor. Había en sus ojos un temblor de escarcha bajo el sol.

No sentí miedo, ni temblor, ni inseguridad.

–He matado a esos hombres –dije–, porque no eran dignos de llevar vuestra enseña: y si como perros se portaban, como perros los maté, no como soldados. En verdad que estaban desarmados: ya que sólo a puntapiés, y a golpes, agredían a un hombre que, sin duda alguna, fue el más valiente guerrero que yo conocí: vencedor del turco y de la estepa, Maestro de Armas de mis primeros años. Y éste, a quien tan groseramente pateaban vuestros hombres, sólo había sufrido una derrota en este mundo, y por un enemigo común, bajo el que todos sucumbiremos: pues la vejez nos acecha y vence a todos por igual. Al verle así tratado por quienes menos valían, no pude contener la ira y, si es cierto que un día ostentaré el título de caballero, y como tal me instruyen en la defensa del débil contra el abuso de la fuerza, la cobardía y el deshonor, eso me limité tan sólo a hacer. Castigué, como creo merecen quienes de tan injusta y humillante forma dieron muerte al que me enseñó a admirar el valor y a creer en la gloria. Y muy tranquilo quedé, tras matarles, y aún lo estoy ahora. Y en la paz que dio a mi ánimo tal reparación, fui a enterrar al hombre que un día –para mí memorable– capturó al caballo que es toda mi fortuna (y que vos, señor, tanto admiráis). Si después de lo que os he contado, creéis que debo morir, poco me importa la muerte: jamás hubiera vivido con el remordimiento de no haber sabido vengar algo para mí tan precioso.

En aquel momento supe que no moriría. El Barón, y los soldados me rodeaban, en un espeso silencio. Sentía el resplandor de una llama creciente que se alzaba de entre las más viejas raíces de mi ser: una llama que nadie podría sofocar jamás. Y volví a creer que si el joven del cabello de oro-fuego se hubiera negado la muerte como me la negaba yo, la muerte no habría llegado a él.

–Éste es un litigio entre soldados, y por tanto a los soldados confío la última decisión –dijo el Barón.

Reuniéronse entonces los soldados, y deliberaron, para decidir mi suerte. Mientras esto ocurría, continuaba mi señor erguido en el patio, como una estatua negra, y yo frente a él, maniatado, apenas vestido con la camisa, y las piernas desnudas. Mas no experimentaba frío, ni dolor alguno. Como si fuera otra estatua, blanca e indiferente a todo lo sucedido o por suceder en ese mundo.

Cuando regresaron los soldados, el anciano tomó la palabra:

–Señor –dijo– vuestros hombres estiman que el joven escudero no cometió crimen alguno, sino un acto de justicia.

El Barón ordenó me libraran de las ligaduras, y cada uno regresó a su puesto, tan silenciosos como jamás se habían mostrado. Mientras el viejo soldado me desataba las manos, murmuró:

–Gracias, joven caballero.

Y aunque yo no era todavía caballero, ni había hecho nada que directamente pudiera agradecerme, mis ojos y los suyos se encontraron: y supe que al defender los ecos de una gloria o una vida pasada, soñada o deseada, defendía en él mismo lo único digno de vivir que le quedaba en este mundo.

Pero una vez devuelto a mis habituales quehaceres, sentí una avasalladora tristeza. Durante varias noches persiguieron mis sueños los cadáveres atravesados de aquellos a quienes hice blanco de mi ira. Revivía sus risas, la cerveza, los dados y todas las noches que pasé en su compañía. Y no me producían orgullo alguno sus muertes, ni sentía la paz que imaginaba.

Por contra, la negra dama perseguía mis actos, y oía por doquier su amarilla carcajada.

Los comentarios malévolos, picantes unos, soeces otros, que suscitaba entre caballeros y escuderos la predilección mostrada últimamente por el Barón hacia mi poco atractiva persona, subieron de tono tras aquel suceso y el sucinto juicio que siguió a él. Cuando estos comentarios y maledicencias llegaron a oídos de Ortwin, movía la cabeza y decía:

–¡No comprenden! ¡Nunca comprenderán, raza mostrenca y desdichada!

Esta raza comprendía, para él, la humana naturaleza en peso. Ortwin denostaba entonces contra la obtusa y maligna especie que utilizaba en tales menesteres el precioso don de la palabra –del que, por su parte, tan comedido uso hacía él–. Aseguraba que mejor se entendía con los caballos y los perros, que con hombre alguno. Lo cual, según aprecié, era muy cierto, pues no tenía más amigos que su caballo y su perro. Y los sentimientos que albergaba hacia el Barón, y hacia mí mismo, eran de índole muy distinta a la amistad: por el uno sentía admiración y respeto sin límites, y por el otro una oscura sed de protección. O de prolongar, o suscitar, algún eco a sus enseñanzas, experiencias y reflexiones. Igual que cuando enseñaba ágiles pasos o sabias precauciones a sus dos adorados animales.

Algunos días más tarde de estos acontecimientos, tuvimos noticia de los primeros disturbios fronterizos. Los parientes del Conde Lazsko y sus aliados –solitarios feudales, verdaderos lobos esteparios, cuyos torreones se alzaban más allá de las dunas –parecieron reverdecer, también, al empuje de la primavera. Mas no en floridos frutos, sino en turbias ambiciones, rencores, odios y venganzas aún por solventar. Dudo mucho que alguno de ellos sintiera afecto, o el más mínimo interés, hacia el Conde Lazsko cuanto éste aún vivía. Pero su muerte y la desaparición de su bello ahijado ofrecían tentadora presa a repartir. Había mucha molla donde hincar el diente de los viejos agravios y presentes codicias (en verdad, nunca satisfechas por ningún hombre conocido). La misteriosa historia del joven ahijado, su leyenda de bandido-cortesano, su cabello oro-fuego, hallaron buen recipiente donde bullir, crecer y desbordar. No necesitó este caldo mucho aderezo para ser profusamente saboreado y destinado a nutrir odio, represalias y desatinos. Incluso entre los infelices que, tanto por parte de Lazsko como de su ahijado, sólo habían recibido palos, abusos y despojos. La enseña multicolor donde enlazábanse horror, gusto de la sangre y lágrimas de la más inane y placentera sensiblería, fue bien ondeada y esgrimida. En verdad, esta enseña es grata a las gentes de toda clase y condición, pues me dio mucho que pensar ver cuánta delectación despierta, tanto en villanos como en señores, cualquier truculencia donde se guisen a la par historias lloronas y crueles. Cuánto conmueve el revoltillo de aventuras amorosas, sanguinarias y necias, hasta inducir enardecidamente a la revuelta y tropelía. Con tal virulencia como no lograran provocar la opresión, la miseria y el hambre, causas, a mi ver, más explicables. De nuevo vi el cielo cruzado por un grito que arrastraba dos nombres: el del niño muerto del herrero, y el del ahijado de Lazsko.

Tras los habituales saqueos, pasadas a cuchillo e incendios de burgos, aldeas y cabañas en terrenos de Mohl, llegaron a oídos del Barón rumores sobre la decisión tomada por los ofendidos parientes; llevarían sus quejas y acusaciones hasta el lejano (pero indudable) Gran Rey y clamarían de tan poderoso y sabio monarca –a quien ninguno de ellos echó jamás la vista encima– justicia, orden y escarmiento. Sin que para ello importase que, por su cuenta, ninguno de ellos hizo uso jamás de los dos primeros y, en cambio, mucho prodigaron el último.

Cuando le informaron de estas nuevas y propósitos, hallábase mi señor en la halconería. Acariciaba a una de sus preciadas aves, y yo permanecía atento a la expresión de sus ojos; pues en ellos erraba la resignada dulzura de quien anhela y teme (sin lograrlo) sustituir un amor por otro. El halcón ahora objeto de sus ternezas era un animal de bello plumaje y ojos ávidos. Y tenía un parecido bastante notable con el desaparecido Kunh. Se mostraba tan necio y arrogante como el malogrado «Avechucho».

Cuando el espía o militante de las «gentes de vasija» (así solían designar los soldados a los apostados tras las tinajas, lindero y causa de puntapiés y desdichas sin cuento) hubo exprimido hasta la última gota de sus averiguaciones, Mohl le despidió con un expresivo gesto, y se volvió hacia mí:

–El Gran Rey... –pronunció suavemente.

Luego alzó su barba, donde ya había más hilos de plata que dorados, y profirió una de sus más breves y brutales carcajadas. Nunca he oído reír a un lobo, pero supongo que lo haría como él.

Después, con delicado ademán, depositó el halcón en mi hombro. El ave me miró con hastío, mientras tanto mi señor añadía:

–El Gran Rey, y el mundo, están muy lejos. Yo soy mi rey, y mi mundo.

Pero había tal melancolía en sus palabras, que me hicieron pensar si, acaso, ni reino ni mundo alguno ofrecían otra cosa que la más absoluta soledad.

Apenas comenzó el deshielo, no se hicieron esperar los primeros desafueros provocados por los llamados parientes del infortunado Lazsko. Entre este grupo difuso y siniestro, dudo hubiera más de uno capaz de demostrar que llevaba la sangre, más o menos mezclada, del Conde. Y este único pariente legítimo se trataba de un imbécil segundón, hijo a su vez de segundón, cuyas nebulosas entendederas debieron poseer, durante el tiempo que duraron las enardecidas y reivindicadoras trapacerías, una idea menos que sucinta del verdadero móvil que le arrojara –en su sentido exacto: pues sólo a empujones y lanzazos lograron arrear montura y jinete– al frente de una vocinglera, desordenada y desdichada leva de rústicos labriegos. Y de tal guisa, y con tan escaso entusiasmo, enviáronle contra un señor del prestigio de Mohl, más temido aún que la imagen del propio Satán. Y eso que ésta resultaba para aquel infeliz tan detestable y empavorecedora que, con tal de no pisar la iglesia, jamás cumplía con el precepto pascual. Ya que, bajo los pies del llamado Ángel Blanco (orgullo del Monasterio), un muy vejado y enroscado diablo mostraba dientes y desesperación a quien tuviera a bien contemplarlo en tal postura.

Tengo fundadas sospechas para creer que el segundón, tan súbitamente sacado de las plácidas espesuras en que discurría su vida, partió al combate reculando; tan ayuno de los móviles que le pusieran en semejante apuro, como regresó de él. Poco después del primer encuentro, la muerte de viruelas, según unos, o la espada de uno de sus aliados, según otros –ya que se consideraba cumplido cuanto de él se apetecía–, puso punto final al cúmulo de míseras calamidades que hubo de afrontar, entre los energúmenos que ostentaban pretensiones de consanguinidad con tan poco codiciable familia. De suerte que el único y verdadero pariente de Lazsko, en manos del tropel de frenéticos ilusos –a quienes, en puridad, no faltaba una migaja de razón en sus quejas– fue una simple excusa. Aunque portadora de sustancia suficiente para lograr aunarles en una sola fuerza, y revestirles del valor necesario para llevar a cabo un anhelo que desde tiempo atrás acariciaban y temían. Este abominable ejército lanzó su reto al Barón de sus envidias y aborrecimientos, reto tan ostentoso y arrogante como sólo inspira el pánico más contumaz. Pero, curiosamente, el pánico es sentimiento que en más de una ocasión reúne la energía precisa que, por lo común, no llega a infundir la razón, o el convencimiento de poseerla.

Aturdidos y enajenados en los propios arrestos, arracimáronse en singular piña de codicias y rencillas intestinas, sólo endulzadas por la esperanza de posterior revancha. Tan gárrula y sanguinaria tropa, erizada de picas, lanzas, horcas y armas de todo tipo (entre las que no faltaban cachiporras, piedras e ignorancia suprema), se citó con abigarrada mezcolanza en la linde fronteriza de ambos dominios. Y allí dio rienda suelta a toda suerte de crueldades, haciendo víctimas de ellas a los infortunados moradores de aquellos parajes. Unas veces por considerarlos presa fácil. Otras, porque así les empujaba y hacía rodar de un lado a otro su furibunda naturaleza.

Considerada y desmenuzada tal manada desde la cámara privada de Mohl, más movía a desdén e incluso risa, que a rebullir de pundonores e impulsos combativos. Así lo pensé yo, al menos. Pero no ocurrió lo mismo —su experiencia era mayor, a la par que su sabiduría— en el ánimo de mi señor.

Apenas el siguiente representante de las «gentes de vasija» portó al castillo noticias de nuevas violaciones de tinajas, de incendios y toda suerte de quebrantamientos, el rostro de Mohl últimamente melancólico y soñador, pareció renacer y alzarse en una llama que no hacía presumible bonanza alguna.

Reunió a sus caballeros, capitanes y soldados y, en suma, a toda su gente de armas más representativa. Y, tras meditado silencio, manifestó:

—Hora es ya de limpiar nuestra frontera de alimañas esteparias. Mañana al amanecer partiremos a su encuentro.

El viento levantó la arena de las dunas, lanzándola junto al Gran Río sobre las praderas. Y favoreció así las intenciones de mi señor de tomarlos por sorpresa. Ya que, entre los pardos remolinos, apenas podía distinguirse el confín de las planicies donde se litigaban tan variadas argumentaciones y codicias.

Revestido de su yelmo, cota y coraza, lanza en ristre, la capa de zorros agitando sus colas negras bajo el furioso remolino que llegaba de las dunas, el Barón se erguía sobre su montura. Su escudo, pulido con arena del Gran Río, brillaba con la nitidez de la luna y la furia del sol. Viéndole, pensé que ni el Gran Rey (tan fantasmal como temido) hubiera ofrecido a los ojos de su tropa tamaño espectáculo de suntuosidad guerrera.

Íbamos a partir, cuando el vigía avistó un jamelgo en loco galope hacia el castillo. Pero no era enemigo, muy al contrario, buscaba refugio tras sus murallas, y portaba a lomos la diminuta maltrecha figura de un monje. Cayó de hinojos ante Mohl y, con aguda y exasperada voz, relató las calamitosas nuevas que le obligaban a presentarse de semejante guisa ante tan digno caballero. Según manifestó, la sañuda trápala de dudosos parientes de Lazsko había caído materialmente sobre su Monasterio, y con tan mala fortuna para sus moradores que pilláronles en oración, y muy desprevenidos. A resultas de lo cual organizaban a poco, en tan pío recinto, una pavorosa carnicería y cúmulo de desacatos:

–¡No son cristianos, señor, aunque así lo fingieran hasta ahora! –gemía el aterrorizado monje–. ¡Su origen radica en el infierno del Este, jinetes negros de Satán, sacrílegos e idólatras! Han crucificado a nuestro anciano Abad y a varios monjes, sin hacer entre ellos distinción de ninguna clase. Han cegado y atado a la noria a unos, han arrojado al pozo a otros, han ahorcado al que pillaron bajo un árbol y así por este estilo, cuanto oséis imaginar. Pero no han olvidado saquear el templo, ni llevarse los vasos de oro y plata que tan generosamente nos donarais, a más de cortar la testa y alas al Ángel Blanco, e izar, en su puesto, la ovillada imagen del Príncipe de las Tinieblas, ¡ese que tanto se humilló, otrora, bajo la planta del dulce y pétreo símbolo...!

Llegado a este punto de su relato, hubo de frenarse por falta de resuello. Y en el intervalo tuve ocasión de imaginar el terror que debió infundir al legítimo pariente, obligado a esgrimir sus escasos entusiasmos guerreros a la sombra de tal enseña. Pero ya el monje había tomado impulso suficiente, y acaparó mi atención con la continuación de su relato:

—¡Se han mofado de nuestra fe, leyes, y, en suma, de nuestra comunidad! Sólo en gracia a lo poco medrado y desnutrido de mi persona logré zafarme, entre el horroroso tumulto que siguió al incendio, la orgía y desbarato, de aquella horda de aberrados abusones. Pues sabed, también, que dieron fin a nuestro vino, transvasándolo desde las propias cubas y odres hasta sus gaznates. ¡Sin desdeñar ni una mísera gota!... Y os aseguro que con mis propios ojos he visto el vino, como surtidor nefasto, rebosar de sus narices y orejas; de manera que no sé qué resultaba más espantoso: si presenciar tan deplorables fuentes humanas, o percibir los bramidos que proferían entre sus libaciones... ¡Y no es esto sólo, pues al fin...!

En este punto de sus descripciones, el Barón debió juzgarse suficientemente informado, pues ordenó que obstruyeran de algún modo la información del infortunado. Dos soldados taponáronle la boca, con bastante brío, y de esta guisa hubieron de llevárselo mientras aún agitaba pies y manos, en un patético esfuerzo por describir tanta superchería como presenciaran y percibieran sus, hasta el momento, cándidos ojos y plácidos oídos.

El Monasterio fue erigido por el abuelo de mi señor, y abundantemente enriquecido con las donaciones de éste. El Abad actual era primo de Mohl, y por ello –aunque, en lo íntimo, las relaciones entre ambos eran más bien enconadas– la ofensa resultaba tan grande, como jamás, ni en los más desaforados delirios, hubiera soñado el malogrado Lazsko (ya, por otro lado, indiferente a estas cuestiones).

A poco, mezclado a la arena de las dunas, trajo el viento un acre olor a madera, ropa y carne en llamas. Y en él regresó –y hube de reprimirla como mejor pude– la antigua náusea.

Entonces, el Barón se volvió a mí:

—Toma tu caballo, armas y arreos: pues desde este momento te nombro mi escudero.

—Ya no poseo caballo, mi señor —murmuré.

Clavó en mí sus ojos, de tal modo, que creí me atravesaban dos puñales.

–¿Qué hiciste con él?

–Partió, con el hombre que me lo había dado.

–Entonces, Mohl ordenó me entregaran un caballo, cuya sola vista me estremeció: pues aquel blanco corcel (hasta el momento por nadie más montado) era el que perteneció a mi bien amada ogresa.

–Tuyo es –me dijo, con misteriosa lentitud–. Tuyo fue, y tuyo será por siempre y siempre.

Un silencio salpicado de negras partículas caía sobre nosotros y se extendió por las dunas; y las praderas parecían temblar, enrojecidas, bajo el viento incendiado.

Mohl añadió:

–Confío en la estolidez de tu naturaleza, más que en cosa alguna. Para mí, vale más que la pericia, y aun el valor de otro más experimentado en estas lides. Tú no amas, ni odias, mi feroz escudero: sólo puede empujarte la extraña distribución del bien, o el mal, que tan curiosamente eliges (y aun, a veces, confundes). Tenlo bien presente: no te apartes de mí, vigila si pierdo el arma, caigo de mi montura, o recibo una herida. Pues quiero que tan sólo tus manos restituyan estas cosas a su debido lugar.

Asentí con la cabeza, pues no me era posible emitir una sola palabra. Notaba mis labios entumecidos por un frío semejante al que, durante mi infancia, los bordeara el invierno con un cerco azul. Ahora, esta mudez no era causada por el helado mutismo que, según oí, antecede al combate: sino por el recuerdo, revivido hasta la alucinación, de cierto mechón de cabellos rojos en lo alto de la torre, junto a las horcas; y de otro amasijo de insólito y parecido fuego, que prendió en las llamas incandescentes de un árbol humano. Y ambos crepitaban y me abrasaban, memoria adentro.

Desde las márgenes del Gran Río llegó, entre el viento y la arena, una nube negruzca y agorera; cayó sobre nosotros, con pestilencia de muerte. Entonces, Mohl pasó su mano enguantada de negro sobre el cuello tembloroso de su amado Hal. Con la reptante suavidad con que, a buen seguro, acariciaba la creciente borrasca de su ira. Al fin estalló:

–¡Horda esteparia, hambrientos despojos de un engendro infernal!

Su voz no era tal, sino un rugido. Y no es exagerado designarla así (antes bien, considero esta definición harto recatada), como podría atestiguarlo –si fuera capaz de estas cosas– el escalofrío y espeluznante piafar que sacudió, de parte a parte, al valeroso animal donde mi señor asentaba su ira y persona (en verdad, una misma sustancia). Y si tal rugido estuvo a punto de desbocar al valiente Hal, excusa decir la repercusión que hubo en las demás criaturas que rodeaban al airado señor.

Tras dominar a Hal, Mohl prosiguió, en tono algo menos peligroso para su apostura ecuestre:

–¡Devastados residuos de la peor derrota, mal paridos retoños de la tierra esteparia: hijos de tal madre sois, como revela la imbecilidad que cabalga a lomos de unas bestias del todo superiores a vosotros! ¡Juro por mi honor, que aquel que jamás descendió a enfrentarse con tamaña componenda de carroña y necedad, ha rebasado en el presente día los límites de su generoso desprecio! Y, pese a la repugnancia que me inspira enfrentarme, no a vuestras desdentadas armas, ni a vuestras astucias de alimañas, sino a vuestro hedor, saltaré sobre vosotros montado en mi noble Hal (cuya suerte deploro), hasta sentir el reventón de tan obtusos cráneos bajo sus patas.

Al llegar a este punto de sus desahogos, tanto tiempo reprimidos, pareció no poder evitar un mayor brío a sus palabras: ya que la violencia que albergaba y que, sin duda, hasta el momento sólo habíamos atisbado a través de una rendija, le obligó a pronunciar su último y más sonoro reto guerrero:

–¡Juro ante mis nobles caballeros y mis valientes soldados que Mohl llevará las piltrafas de tan repugnantes despojos hasta la más lejana memoria de vuestros hijos! (Si alguno escapara con vida para engendrarlos.) Y pongo por testigos de cuanto digo a tan nobles guerreros: bajo solemne promesa de que, si no llegara a cumplir este envite y ofrenda, me arrojen a una fosa repleta de serpientes, sin más arma ni vestido que mi humillación y su desprecio.

Dicho lo cual, tan bruscamente como se había enardecido, pareció sosegarse. Y con serenidad de todo punto decorosa, miró en torno y comentó:

—Aunque, naturalmente, no habrá lugar a ello.

Afirmación que nadie puso en tela de juicio.

En la zona del Gran Río más próxima al castillo, el padre de mi señor había mandado construir un puente, por lo común intransitable a todo aquel que no tuviera un permiso especial. Más hacia el norte, existía una tosca pasarela, hecha de juncos y troncos de abedul, y que, año tras año, solía arrastrar el ímpetu de los deshielos. Para los campesinos era éste el único paso disponible hacia las praderas, y viceversa. Tras su destrucción, ellos volvían a construirlo nuevamente, todas las primaveras. Pero aquel año aún no habían tenido tiempo de llevar a cabo esta tarea, y un gran número de villanos se cruzaron en el puente señorial con nosotros. Acudían al castillo para sumarse a la tropa: pues si bien nadie los reclamaba en estos servicios durante las épocas de paz, todo hombre dueño de un caballo, un arma o herramienta equivalente, desde un hacha, como los leñadores, hasta una cuchilla, como los curtidores, en tiempos de peligro debía presentarse en la fortaleza, por si el Barón precisaba de su servicio (y vidas, se entiende).

Apenas entramos en las praderas de la orilla este, el viento se aplacó en una rara brisa: cesó la lluvia de arena y restos calcinados, y un sol pálido se abrió paso entre la bruma. Entonces, se encendió el verde, apenas nacido, de las altas hierbas, de forma que, en algunos puntos, semejaba de color azul. Mecíase, bajo el fresco soplo, en una suave ondulación, y me pareció reconocer el mar, aunque nunca lo había visto, en su viento, color y balanceo. Y en aquel mar (a un tiempo desaparecido y renacido) crepitó la violencia, en lo más hondo de mis entrañas. Levantose en mi ánimo la pasión y sed de sangre, y avivé el trote de mi caballo, acercándolo cuanto pude al de mi señor. Inmerso nuevamente en aquel vino viejo, áspero y agraz donde flotaban las pequeñas cabezas –en forma de racimos azulnegro– de las moras. Como una diminuta, múltiple y aglutinada decapitación.

Por segunda vez durante aquella jornada tuve ocasión de comprobar la desatada furia que albergaba mi señor, el Barón Mohl. Y, por ende, la falsedad de su habitual continente. De suerte que hube de maravillarme de su poderosa voluntad, también, ya que la supo amordazar durante tanto tiempo.

Pues eran como uno y cien gritos de guerra, no sólo su cuerpo, su lanza y su montura, sino el suelo bajo los cascos de Hal, el cieno que saltaba bajo sus pezuñas entre salpicaduras de sangre, el viento que levantaba su crin, el cabello de Mohl y las colas negras de su capa. Toda la furia de la tierra era su furia: y no hallaba suficiente alimento para saciar la jauría que confundía su espíritu y cuerpo en una sola fiebre: hambre y sed de sangre le sustentaban y torturaban a la vez, desde las más remotas raíces de su vida. Arrastraba mi señor esta sed y esta hambre, y nunca llegó a ver su fin. Pero no había en él rastro alguno de odio.

Viéndole avanzar con todos sus hombres sobre la dispersa tropa enemiga, sin freno ni reflexión alguna, desmoronose, de súbito, la ilusión de aquello que tenía por valor, y tanto me enorgullecía en los otros hombres como en mí mismo: comprendí que tan sólo albergaba la más grande ceguera e ignorancia de la tierra. Negro y alto entre los gritos de sus hombres, Mohl atravesaba los cuerpos con su lanza, y acudía, con júbilo, a aquellos que con mayor furia venían a su encuentro. Así, unos y otros blandían espadas, y clavaban hombres y bestias en la tierra. Y viendo aquella furia sin honor, ni gloria, ni belleza, pensé que también todos ellos rebasaban la línea del odio, pues no hubiera bastado el odio entero del mundo para albergar un viento y una sed tan antiguas como insaciables. «El odio, me dije, era cosa de los hombres. Los guerreros –que a la hora del combate, no son jamás hombres– viven más allá del odio.»

Al norte de la pradera, parte del bosque se incendió. El cielo se teñía de malva, y el viento trajo por sobre nuestras cabezas infinidad de partículas encendidas. Una lluvia de cenizas pareció anegarnos y abrasarnos. Luego, el viento giró como una enorme noria, y llevó su rescoldo de muerte hacia otra parte del mundo.

Cuando cesó el combate, recorrí la pradera, tras mi señor. Un olor espeso y dulzón, unido al de la leña ardiente y las cenizas, brotaba del suelo. Mohl avanzaba, en el silencio de los muertos. Reposado, altivo y rígido, contemplaba los diezmados despojos como puede contemplar un labrador el fruto de su siembra. Pues otro, al parecer, ni conocía ni podía dar.

Aquí y allá levantábanse humaredas, aún ardían rescoldos, y el conocido olor a carne quemada volvió. Apretando los dientes entré en él, y pasé sobre él reteniendo un vómito en verdad nunca olvidado. (Una mancha negra y grasienta en la tierra, un silencio igual al que hollábamos juntos mi señor y yo.) Señor de la Muerte, salpicado de sangre, Mohl paseaba la oscura gloria de la guerra allí donde poco antes intentaba estallar la naciente primavera. Y de súbito, viendo frente a mí la silueta de mi señor y su arrogante desprecio por los vivos y los muertos, recordé a mi padre, bastón en alto, paseando por la viña a lomos de sus jorobados. Por un momento temí que, como aquel pobre viejo, estallase Mohl en una risa o un llanto infantiles, totalmente desprovistos de sentido. Pero otro recuerdo vino a borrar tan inquietante y paradójica imagen: la infinita desesperanza de mi señor, depositando un halcón en mi hombro; un pájaro, o un amigo, o un recuerdo, que no lograba recuperar, mientras decía que el mundo, y el rey, tan sólo residían en él. «Hordas a caballo», me pareció oír, «Ralea inmunda, bestias a caballo...»

Entonces Mohl se volvió a mí, y claramente oí su voz, aunque sus labios permanecían cerrados:

—Reino vagabundo, ¿cuándo hallarás...?

Un caballo corría desaforado hacia nosotros, con la crin en llamas. Tan blanco, bajo el pánico del fuego, que semejaba transparente. Hal, caballo negro, se alzó de patas, piafando con espanto impropio de él. Bajo la dura mano que lo conducía, volvió grupas, y así galopamos juntos, en el viento y azote de unas cenizas que no sabía si tenían el calor del fuego o de la sangre mientras las sentía resbalar viscosamente sobre mi rostro.

Antes de que la primavera llegara a adueñarse de la tierra, cesaron los combates, replegáronse los devastados grupos enemigos, cesaron los incendios y las muertes. Y los campesinos regresaron a los campos, lenta y resignadamente: como muy viejos y muy fatigados animales.

Antes de que la hierba ondeara en las praderas, gran cantidad de los hombres de Mohl habían perdido la vida. Pero vanamente busqué entre los muertos a tres feroces y muy bravos guerreros. Al frente y al fin de todas las luchas, cubiertos de sangre y lodo, reaparecieron siempre ante mis ojos.

El viento dispersó y enfrió las cenizas del bosque incendiado. Un tropel de aves voraces oscureció el cielo, los primeros brotes de los árboles. Muchas cruces se alzaron aquí y allá, y ciertas piedras, cubiertas de signos misteriosos, marcaron la ruta de alguna muerte tan oscura como prontamente olvidada.

Con el calor del sol volvió la paz al castillo. Cerca del río, en la colina, habían florecido los cerezos. A veces, trotaba hacia ellos, sobre el caballo de mi amada señora, y me tendía después bajo las blancas ramas, en busca de una parcela de soledad.

Pero raramente lo conseguía, pues tres jinetes me divisaban prestamente y me obligaban a huir.

Mis obligaciones junto al Barón aumentaban. Y día a día me ataban a su mesa, a la silla de su caballo, a sus libaciones, a sus solitarios discursos, y a sus silencios: los ojos en la nada, presos como incautos insectos en el vidrio verde de sus ventanas privadas.

Estaba próxima la Pascua. Y, cierta noche, mientras le tendía el lienzo para que enjugara en él sus dedos, me dijo, de forma que todos lo oyeron (y en especial mis hermanos):

—Tengo decidido que la ceremonia de tu investidura sea el día de Pentecostés. No has podido combatir aún: pero he visto tu comportamiento en las últimas luchas, y tengo para mí que nadie con más méritos, ni más razón, merece ese público reconocimiento.

Al oírle, mis hermanos ya no pudieron contenerse. El mayor se puso en pie, con el puño apretado en el pomo de su espada:

–Señor, otros hay en este castillo que merecen, también, algún reconocimiento a su valor, a su lealtad, y a su total entrega a vuestra enseña.

Su voz sonó baja y oscura, tanto que no parecía brotada de humana garganta, sino de algún abismo.

–¡Siéntate! –fue todo el comentario del Barón, mientras enjugaba sus dedos con displicencia.

Mi hermano obedeció. Pero tan despacio, y con tal encono, que por un momento temí reventaran al fin tantos y tantos agravios retenidos en años de servicio oscuro y fiel. Pero tanto el mayor como los dos menores sabían contenerse, permanecer pacientes y taimados. En verdad que la escuela donde se habían formado no les hubiera permitido otra actitud, pues en su forma de ser y de entender la vida, no había otra elección que la paciencia, la miseria o la muerte.

Estas cosas (y otras) puedo razonarlas ahora reposadamente, pero no así entonces. No sentía ni odio ni amor por mis hermanos. Ante ellos, sólo un frío húmedo y cauto, que se parecía al terror como gota de agua a gota de agua, me inundaba. Cosas peores que sus golpes tuve ocasión de conocer en esta vida, y albergaba la sospecha, incertidumbre o desánimo, de que alguna cosa podía sucederme aún peor que el dolor que pudiera venirme de ellos. En verdad que la injusticia, tan brutal como escandalosa, reptaba en todo aquello que tocaban. Y el husmo de esta desventura trascendía a la simple vista de sus rostros, y emponzoñaba mi conciencia. Pues si injustos fueron ellos conmigo, injusto era el mundo con ellos, y todo cuanto mora en él. Aunque no lo razonase entonces claramente, estas cosas alentaban y destilaban en mi ánimo su venenoso zumo.

Aquella noche el Barón prolongó sus libaciones más de lo usual. Habiéndose acabado el vino en la pequeña despensa, junto a la sala de los ágapes, me ordenó bajar a la bodega, y ordenase al bodeguero que abriera una de las cubas más añejas del vino de mi padre: aquellas que, por sus años y calidad, se reservaban para grandes solemnidades y festejos.

Mucho sorprendió a todos semejante despilfarro o, al menos, desorden en las costumbres y tradiciones del castillo. Esto era de por sí poco común, pero aún menos presumible en un hombre como Mohl. Tal sorpresa, empero, no fue acompañada de disgusto por parte de los comensales sino al contrario.

La bebida y sus secuelas (la embriaguez no aviva el ingenio, ni esclarece las ideas, ni eleva el espíritu) se prolongaron mucho más allá de la media noche. Las pláticas de los caballeros, escuderos y toda clase de comensales, eran ya prácticamente indescifrables cuando mi señor, que a pesar de estar en verdad ebrio manteníase envarado y correcto (pues apenas si la lentitud con que modulada sus palabras hacía suponer la enorme cantidad de vino ingerido), me ordenó que llenara una vez más su copa. Le obedecí, y al hacerlo asió con tal fuerza mi muñeca, que hube de reprimir un grito. No me tengo por alfeñique, ni asustadizo, pero puedo asegurar que ni el grillete más feroz me hubiera producido dolor y terror semejantes. Jamás antes había rozado su piel mi piel, al menos deliberadamente. Y por ser ésta la primera vez, me pareció muy poco afable.

Pese a que hablaba con cierto esfuerzo, sus palabras fueron muy reposadas y claras:

—Una vez seas armado caballero, librarás un hermoso combate, y te he destinado como contrincantes a tus hermanos. Uno por uno los derribarás, y tendrás libertad para disponer de sus vidas como te plazca. Espero que los mates, uno a uno. Luego, ceñirás para siempre la espada al cinto, guerrearás a mi lado, y jamás volverás a servir mi mesa. Por contra, te sentarás a mi derecha. Y este puesto que te designo, no podrá ser violado ni por el mismo Rey si nos desenterrara del olvido, y hasta aquí llegara. Ahora, baja otra vez a la bodega, y ordena que abran otra cuba.

Dijo estas cosas con la pausa y minucia con que ordenaba disponer de tal o cual prenda, o sus armas, o la comida que apetecía. Miré inquieto hacia el lugar donde solían sentarse mis hermanos. No estaban allí, y supuse que aguardarían en la bodega, o tras la cortina, o tras el biombo, para saltar sobre mí y prodigarme, a su sabor, las peculiares demostraciones de su afecto. No podía retardar la orden de mi señor, así que dirigí mis pasos a la salida. Mas esta vez me hallaba prevenido, y cuando en el oscuro corredor cayeron sobre mí, les fue muy difícil sujetarme. Me defendí a golpes y dentelladas, como mejor pude. En tanto descargaba mi furia, ciegamente, venían a mi mente los proyectos de mi señor. Y al comprobar entre golpes y furor que yo solo y desarmado podía aún zafarme con tal ímpetu de ellos tres –y sabido es que no eran gente frágil ante la lucha–, sentí un violento envanecimiento: mi fuerza era muy grande, pensé, y si yo quería, nadie podría aniquilarme ni vencerme jamás. Con este pensamiento redoblé mi natural fiereza y, si mi hermano mayor no hubiera apoyado la punta de su daga en mi garganta, tal vez el resultado de tan desigual combate hubiera tenido muy distinto fin.

Vi tres rostros crispados sobre el mío, y noté en mi garganta el filo cortante, de forma que relajé los músculos y aguardé, jadeando como perro. Sentí entonces una gran amargura y esa amargura me avisaba de algo que había en el mundo, o en los hombres, que manaba veneno suficiente para corroer los más inocentes hechos o, incluso, los más hermosos: tal como podía serlo, acaso, el amor entre hermanos.

–Óyeme bien, engendro de senil lujuria –mi hermano arrastraba sus palabras en un odio tan maduro que adivinábase largamente acariciado–. No vuelvas a interponerte en nuestro paso: deja este castillo y abandona al Barón antes de que te degollemos como a un cerdo. Ten por seguro que, si no lo haces, la muerte que te daremos será peor que la de tu antecesor: pues música de arpas celestes parecerá la de aquel desdichado, al lado de la que te propine nuestra mano.

En aquel momento algo brilló, muy cerca de mis ojos: en el índice de la vellosa mano, que tanto acercaba su daga a mi muerte, resaltaba un curioso anillo. Era tosco, de hierro negro, pero en su centro relucían dos piedras largas, casi cegadoras en su blancura, agudas y delgadas como diminutos puñales. Un estremecimiento recorrió todo mi ser, al tiempo que murmuraba:

–Hermano... ¿dónde conseguiste las piedras de este anillo? ¿A qué sonrisa... a quién, las arrancaste?

Como mordida, la mano que apretaba la daga se apartó bruscamente. Vi cómo los tres retrocedían entonces, y pude apercibirme de que los otros dos ocultaban a la espalda idénticas manos: por lo que supuse ensartaban también en su índice tan tenebrosas joyas.

–¡Idos, malditos! –grité, anegado en mi propio terror–. ¡Regresad al infierno de donde salisteis...!

Nunca hablaba así, y, cuando oía parecidas expresiones de labios de mis compañeros, juzgábalas necias. Pero en aquel momento comprendí que aquellas palabras me nacían de un lúcido terror, que al fin me derribó al suelo. En vano intenté asirme con ambas manos a los muros, pues resbalaron, sin fuerza, sobre las piedras. Y sin embargo, aun hallándome tan indefenso, y en tan propicia ocasión para ello, en lugar de matarme, mis hermanos retrocedieron. Miráronse unos a otros (con la torva complicidad de las bestias que se interrogan entre sí, antes de huir o atacar en manada). Y supe por qué sus rostros siempre me recordaron el gesto apaleado de los lobos en invierno: dispuestos a la más atroz carnicería con tal de saciar su vieja hambre. Súbitamente, en mudo acuerdo, mis hermanos se deslizaron en las sombras; y, a poco, oí el galope de sus caballos, alejándose.

Me levanté, despacio. Una fría humedad bañaba mis manos, cuello y frente. Volvía a mí, con estremecedora precisión, el momento en que tres jóvenes y muy valientes caballeros corrieron un día hacia el remanso maldito, allí donde las aguas eran más traidoras: y rescataron del río el cadáver de la Baronesa. Eran los más esforzados, los primeros en acudir al lugar del peligro; los últimos en la mesa y el afecto; eran, sin duda alguna, mis hermanos. En este punto de mis pensamientos, hube de apretar los puños sobre mis ojos y mi boca: y espantar, como a bandada agorera, la visión de aquellos tres guerreros turbiamente engarzada a la sonrisa de unos dientes blanquísimos, delgados y afilados; una sonrisa cuyos dientes recorrieran y arañaran mi piel de muchacho ignorante. Me vino un gusto a sangre roja y fresca y regresaron, hasta sentirlas clavadas en mi carne, las noches de mi bien amada ogresa: cuando acudía a arrebatarme del sueño, o de la inocencia. Y en estos recuerdos, tan vivos como un tajo en mis entrañas, mezclábase también la mirada celosa y sedienta de mis hermanos: aquellas ocasiones en que la descubrí frenada, como halcón que domina algún feroz deseo, sobre la indiferente arrogancia de mi señora. Y de nuevo fluyeron a mi sangre oscuros manantiales de placer y de pavor, y arrastraron la inútil añoranza de ella y de sus noches: pues éstas lucían entre las piedras húmedas del oscuro corredor (allí donde habían deseado matarme mis hermanos) como luciérnagas, o estrellas errantes, en la más negra ausencia. Y a pesar del terror que me invadía, una verdad abriose camino en tan febril y lúgubre esplendor: pues, como vuelo blanco entre las brumas de la noche, como el guerrero que asola y destruye más allá del odio, aleteaba esa palabra –todavía más ciega– que llaman los hombres amor.

Cuando al fin regresé a la mesa de mi señor, su cabeza reposaba sobre el vino derramado. Como falsa sangre, el vino empapaba la blanca raíz de su sien; pero supe que alguna sangre verdadera brotaba allí, pues, por vez primera, me pareció un hombre viejo y muy herido.

Paseé mis ojos por la sala: los cuerpos derrumbados y ebrios de aquellos hombres, tan fuertes y temerarios, parecían ahora informes despojos. Roncaban unos, otros semejaban muertos, caídos bajo los bancos, o como rotos y desarticulados, sobre las mesas. El fuego moría sobre los leños calcinados: y en su rojo resplandor, alzábanse de los rostros contornos amenazadores; y doblaba las gargantas en remedo de la más grotesca muerte.

Algunos pajes y escuderos, con el rostro desencajado por la fatiga, disponíanse a arrastrar a sus caballeros al lugar del sueño. Ortwin me avisó entonces de que había llegado el momento de llevar al lecho al Barón, y en ese instante divisé algo, caído bajo el asiento de mi señor. Me agaché a recogerlo, y, al tomarlo entre mis manos, vi que era uno de sus guantes negros: y componía el gesto de su mano, llamándome hacia el Gran Río; la fiereza de su puño, el día que empuñó la lanza para ensartar la boca del muchacho rubio-fuego; el ímpetu que le empujara cuando, en el silencio de la nieve, atravesó el cuerpo de Lazsko. Solté aquel guante, como si se tratara de un animal dañino, presto a morderme. Y supe que en la negra llamada, y en el negro puño que tan bien sabía dañar –que en aquella gran ceguera, en suma– también ardía, y devoraba, la palabra amor.

No pude contener más mi aversión, y en lugar de ayudar a Ortwin, como era mi obligación, salí huyendo, perseguido por un invisible, aunque avasallador ejército: un ejército compuesto de ojos suplicantes y feroces, de anillos con sonrisa de ogresa, y de rojos mechones que, ora flotaban al viento, ora prendíanse en las llamas de una hoguera humana.

IX

HOMBRES ERRANTES

Cuando me hallé, al fin, bajo el cielo de la noche, un viento suave me llegó. Lo bebí con sed, y pensé que el mío era un cansancio demasiado grande, y antiguo, para albergarse en una vida tan corta. Luego pareciome que el viento desprendía de mi piel, y alejaba de mi ánimo, la repugnancia, el terror y el hastío que me provocaba la proximidad de aquellos con quienes me tocó compartir la existencia. Como lanza de luz, o fuego, abriose paso un rayo en la oscuridad que anegaba mi conciencia: y en él se abatió todo vestigio de sumisión, o desaliento. Me pareció entonces que sólo allí, bajo el cielo de la reciente primavera, donde el día comenzaba a dorarse lentamente, otra luz pugnaba por estallar dentro de mí; que alguna noche se alejaba o moría. Y me dejé invadir, irremediablemente, por un desconocido sol. Se me antojó, entonces, que mi naturaleza luchaba por renacer de sí misma: igual que una nuez joven empuja y revienta la vieja cáscara, hasta asomar su verde piel al mundo.

En aquel momento brilló un punto del cielo.

Levanté los ojos, para ver de dónde provenía tan poderoso sol: y distinguí un resplandor poco frecuente sobre las almenas de la torre vigía. Aunque muchas veces miré hacia aquella torre, nunca la vi de tal modo encendida. La sangre afluyó a mis venas, con la misma fuerza con que el fuego de sol embiste las aguas contra el hielo invernal. Y sentí un aliento y bienestar tan renovados, como no recordaba haber sentido, ni en las solitarias galopadas de mi infancia.

Lo cierto es que la torre parecía emanar de sí misma la luz, en lugar de recibirla. Guiado por un extraño, pero indudable mandato, avancé hacia ella, busqué su entrada y comencé a subir los retorcidos escalones. Tenía la certeza de que en lo alto clamaba una llamada, invocándome. Al tiempo que ascendía, oí más claramente y con más seguridad este requerimiento: y todo mi ser respondía y aceptaba la invisible súplica o, acaso, exigencia, pues no podía especificar su naturaleza. Y a cada peldaño que ganaba, me sentía enviado, sin posible elusión, a mi verdadero destino.

Cuando llegué a lo más alto, y me asomé por sobre las almenas, el resplandor del amanecer me cegó. Hube de cubrirme los ojos: y, al liberarlos de nuevo, descubrí al vigía frente a mí, mirándome. Esperándome, desde no sabía qué clase de mundo, ni qué clase de tiempo.

Era casi tan joven como yo, aunque los costurones que cruzaban su rostro lo desfiguraban hasta el punto de fingir una falsa decrepitud. Pero en cambio, sus ojos eran tan brillantes y vivaces, que me asaltó la duda de haberlos conocido antes: aunque no sabía dónde, ni cuándo. Y tan familiar me resultaba aquella mirada, que estuve a punto de recordar su nombre, edad y aun vida (cosas que, en verdad, desconocía totalmente).

Él no debía experimentar iguales o parecidas sensaciones; por contra, mostrábase visiblemente amedrentado. Retirándose hacia un rincón de la torre –donde se amontonaban cuernos, bocinas y una cornamusa–, murmuró:

–¿Por qué has subido hasta aquí, joven caballero?

–¡No soy caballero! –respondí, con violencia que me sorprendió a mí mismo. Pues noté en mis palabras un odio del todo innecesario, ya que a nadie en particular iba dirigido. Procuré dominar la rudeza de mi tono, y añadí–: Tú me esperabas. Sé que, de algún modo, estabas aguardándome, puesto que he oído tu llamada.

–¿Cómo es posible que te esperase? –murmuró, lleno de recelo.

El puesto de vigía solía encomendarse a la gente de más baja y mísera condición; y la verdad es que a tal lugar no solían llegar, sin motivo fundado, los jóvenes nobles, ni gente alguna.

–Lo sabías –repetí aferrándome con extraño desespero a mis palabras–. Tú sabías que, un día u otro, yo vendría aquí...

–Yo no sé nada –negó–. Sólo vigilo, sólo espío lo que ocurre, o lo que pudiera ocurrir, en la lejanía... Soy un hombre alerta, y nada más.

Pero al decir estas cosas, tan punzante me pareció la mirada de sus ojos, que parecía atravesar el aire, el confín de la tierra y la piel del cielo. Pues eran iguales a dos flechas disparadas por el tiempo y el mundo, hacia otro tiempo y otro mundo para mí indescifrables.

Y de esta forma entendí –pues nada ni nadie hubiera logrado arrancarme tal seguridad– que aquello que estaba sucediéndome desde que levanté los ojos a la torre no era extraordinario ni maravilloso; no pertenecía al mundo de leyendas o historias de criaturas no humanas que tantas noches de invierno, junto a mi amada señora, oí narrar; sino que obedecía a una fuerza absolutamente natural, aunque superior al común entendimiento humano. No se producía en mí, pues, hechizo, alucinación o fruto de veneno alguno. Lo que me había empujado hasta aquellas almenas, y me retenía junto a ellas, pertenecía a un orden de hechos que sucedían, y al mismo tiempo habían sucedido, y aún seguirían sucediendo, sin principio ni fin visibles. Pues inscritas estaban en una materia, o tiempo, que nada tenía de diabólico o de irreal, sino que provenían de mi tiempo y materia misma. Aunque en un grado distinto al que, hasta el momento, pude alcanzar. De forma que hubieran podido tomarse por sueños, o visiones, y no lo eran. Y comprendí que jamás había estado tan lúcido, y despierto, mi entendimiento.

Nada más hablamos el vigía y yo, en nuestro primer encuentro. Pero desde aquel día, apenas me liberaba –con el sueño del Barón– de mi servidumbre, subía a la torre. Solía ocurrir esto, apenas anunciado el amanecer. Y, con toda la fuerza y esperanza que cabían en mi ser, ascendía los desgastados escalones, tan estrechos que a cada revuelta mi cuerpo chocaba contra los muros. Aquella esperanza –aun sin acertar qué cosa esperaba– fluía entonces, tan ardientemente, y llenaba de tal modo mi espíritu que, sin poder descifrar en qué se sustentaba, ni a qué obedecía, ni por qué razón había llegado a poseerme de tal forma, me advertía de que allí, en lo más alto de la torre, encontraría un día el destino que confusamente añoraba, y aún perseguía; puesto que lo entendía, ya, como la máxima realización de una humana existencia.

Una vez en lo alto de la torre, me sentía liberado de toda la angustia, recelo y aun mezquindad en que me sabía atrapado de día en día. Y así fue avanzando, y ensanchándose, el débil diálogo comenzado entre el vigía y yo. Un lazo cada vez más fuerte nos unía; y llegó a ser tal nuestro entendimiento, que muy pocas palabras nos bastaban para llegar a un común interés en nuestra plática. En verdad, estábamos ligados por invisible dogal, que nos amarraba uno al otro, en indisoluble ligadura; una enlazada memoria, aún no entendida por mí ni por él, nos envolvía. Y sabíamos que, algún día, nos revelaría el estado más alto de la naturaleza a que pertenecíamos.

Hablábamos de todas las cosas que atisbaba desde su puesto. Y con frecuencia solía anunciarme cierto Gran Combate, mas este combate no llegaba. Todas las cosas que alcanzaban sus ojos desde la altura, iba yo ordenándolas, lenta y pacientemente –aunque no las viera–, en mi conocimiento, y grabándolas en mi memoria. Pero caía a menudo en pantanos de oscuridad, que mucho me turbaban, y en los que me sentía resbalar, y hundir, sin asidero posible.

Cierta madrugada, me anunció, exaltado:

–¡Te veo llegar, joven señor! Avanzas por la otra orilla del Gran Río, y galopas sobre la pradera. Mas también veo merodear, cerca de ti, un perro lleno de furia, que lanza dentelladas a tu paso... Es el terror, y acecha tu cabalgadura; y tú tienes miedo.

Estas palabras hubieran despertado mi ira (y tal vez me habrían impulsado a matar a quien las dijera). Pero él ya era del todo diferente a los demás hombres, para mí. Puesto que todo lo que veía semejaba a mis ojos y entendimiento las piezas que faltaban al disperso tablero de mis dudas, y de mi vida toda. Y, muy a menudo, llegué incluso a creer que su voz partía de mí mismo, y no de sus labios.

En lugar del orgullo ultrajado, me abatió entonces una gran tristeza; y le confesé que, verdaderamente, desde el día en que nací, tenía miedo. Aunque no sabía por qué, ni de qué: si de la vida o de la muerte, del mundo vivo o del fin de ese mismo mundo, que, acaso, aborrecía.

Los ojos del vigía parecieron confundirse en la borrosa luz del horizonte. Noté su gran esfuerzo por distinguir algo; hasta que al fin volvió a hablar:

–¡El fin del mundo!... Veo al miedo empequeñecido, y sin poder alguno. Pues el fin del mundo que yo distingo no es para ti el triunfo de la muerte, ni el de la oscuridad. Ni tampoco es el triunfo de la luz...

Estas palabras me llenaron de desasosiego. Lo zarandeé con violencia, pues en las ocasiones que oteaba la lejanía, parecía inmerso en una atmósfera distinta; más allá de las palabras, de mi presencia, y aun de sí mismo. Y llegué a pensar que en esas ocasiones una fuerza inhumana lo mantenía pegado a las almenas, la mitad del cuerpo doblado sobre el vacío; e imaginé que, si el peso le venciera, navegaría por los ríos del amanecer, y llegaría a desaparecer de mi vida para siempre.

–El fin del mundo es el triunfo de los hombres: una victoria más brillante que ninguna luz conocida. Y esa victoria alcanza al universo entero, y forma parte de una inmensa esfera, que jamás empieza, y jamás termina. Hay ahí más luz que toda la luz de esta parte del mundo. Y en el centro estás tú, con las tinieblas bajo los pies, y sin muerte: pues eres la imagen contraria del mundo.

En aquel momento se alzó el sol: rojo e iracundo, como una salvaje protesta. Rompió la bruma del amanecer, se apoderó de la tierra, despertó hombres, animales, levantó el brillo del Gran Río, y deshojó el rocío de la noche. De nuevo se perfilaron los árboles, las sombras de la lejana selva, las distantes praderas.

A su vez, el vigía regresó al mundo habitual y conocido. Con gesto cansino fue a tenderse, cara al cielo, en su rincón junto a la cornamusa. Y ésta, antojóseme, a la furia del sol, una víscera sangrienta, ferozmente sarcástica: como una arrancada, palpitante entraña; y me devolvió la furia del guerrero, y la inane crueldad de la muerte.

–¿Qué significa lo que me has dicho? –me exasperé–. ¿Acaso, si tanto lo deseo, no moriré...?

–¡Yo no sé nada! –repitió, como tantas otras veces–. No sé nada... Sólo digo lo que veo. Acaso tú, algún día, llegues a entenderlo.

–Quisiera ser un hombre alerta –gemí con desaliento–. ¡Un hombre como tú!

Pero él volvió a repetirme que yo poseía el don de ver muchas más cosas que él: de suerte que, si me esforzaba debidamente, distinguiría cada vez más cosas, y llegaría a ser cien mil veces más agudo, alerta y poderoso que ninguno. Pues, así como él veía, sin entender, yo desentrañaría lo que mis ojos alcanzaran: y todo mi ser se desplegaría, y multiplicaría, y esparciría, en una naturaleza completa.

Alguna vez, el muchacho vigía me habló de una tierra, para mí desconocida, donde supuse que él había nacido. Contó que allí librábanse grandes combates, entre caballos blancos y caballos negros. Y, mientras unos dioses protegían a los blancos, otros amparaban a los negros. Escuchando estas cosas, me sumía de nuevo en el viejo vértigo de la sombra negra y de la luz blanca: mi propio combate sin solución.

Otro día, me dijo que había errado por muchos caminos, y conoció muchas clases de hombres; hasta que el Barón Mohl lo tomó a su servicio. Pero antes, participó en varias luchas contra los pueblos ecuestres de la estepa: aquellos que bajaban desde sus altas planicies y asolaban valles, despojaban e incendiaban monasterios, pasaban a cuchillo los habitantes de las villas y aldeas. A estos pueblos a caballo debía sus horribles cicatrices; desde sus altas tierras calcinadas, llenaban el aire con sus gritos de guerra; en tanto otros guerreros, navegantes blancos y sin rumbo conocido, descendían desde Septentrión, por los largos cursos del agua. Acechábanse unos a otros: los jinetes blancos, los jinetes negros, y los navegantes de cabello tan rubio como yo. Al fin, desencadenábase una misma tormenta: una vasta lucha donde las aguas desbordaban, y hundíanse las naves con ojos de animal de oro. Los navegantes, sin su apoyo, ascendían por las orillas, y rastreaban entre los abedules, robaban los caballos y mataban a los jinetes: a los blancos y a los negros. Pero antes, unos y otros se agredían sin reposo; y aquella guerra parecía, en verdad, una guerra sin fin. Él mismo había luchado al lado de los unos, o de los otros, como buen mercenario. «Según venía el viento, por sobre las dunas, elegía una u otra furia», explicaba, mirando hacia la cornamusa. «Según traía el olor de la sangre, desde la orilla opuesta del Río: pues esa orilla (fuera cual fuera) era entonces mi enemiga.» Y así vagó de una orilla a la otra hasta el día en que halló la torre vigía, en aquel castillo donde el Barón Mohl lo había tomado a su servicio y convertido en espía de la remota luz del alba, al acecho de sus enemigos.

Tras contarme estas cosas, el muchacho vigía parecía muy fatigado.

–He sido mendigo salteador, guerrero a sueldo... –decía–. Y también aprendiz de alquimista. Pero, aunque entonces no lo supiera, la verdad es que siempre estuve aquí.

Señaló las almenas, que en aquel momento se encendían.

–Alcancé este lugar, y nada ni nadie me obligará a descender de él. Sólo espero a aquel capaz de reemplazarme, y continuarme... Porque, para mi mal, llegué a esta torre cuando estaba ya muy fatigado, herido y manchado por la tierra. Mi fuego se ha diezmado en incontables cenizas, y no soy capaz de sobrevivirme.

–Nadie puede sobrevivirse –murmuré, ganado por su desaliento.

Él movió la cabeza, con aquel gesto que nunca supe si era negación o renuncia:

–Aquel alquimista a quien serví no buscaba, en verdad, la

fórmula del oro, sino la continuidad de la vida. Algo que permita al hombre reemplazarse a sí mismo, y conseguir su verdadero ser. Aquel viejo decía a menudo que quien alcance esto (si llegaba algún día a existir) no vivirá apartado de los otros hombres, ni amurallado, ni oculto. Sino que, por el contrario, se prodigará como la lluvia. Pero, joven caballero, no escuches estas necias memorias, pues mi viejo alquimista no dio con el secreto, ni obtuvo esa fórmula. Aunque, a menudo, creyó rozarla con los dedos...

Una indignación pueril, por injusta, me exaltó:

—¿Cómo sabes que no lo consiguió, estúpido mendigo...?

—Yo no sé nada... —volvió a decir, replegándose, como un tímido caracol—. Sólo te cuento lo que estos ojos vieron.

Bruscamente se levantó y, acechando el horizonte, comenzó a hablar de aquel modo que parecía una continuación de mis pensamientos:

—¡Distingo una vida diferente a la conocida por ti, o por mí, o por hombre alguno...! La veo dispersarse y reproducirse en mil formas nuevas: es una vida anterior y posterior a la vida de los hombres, pero sin desprenderse de los hombres... El Gran Río se filtra por todos los cauces y agujeros de la tierra: salta, se adelgaza, y se desborda, pero no se detiene jamás.

Una pareja de buitres cruzó sobre nuestras cabezas. Las horcas estaban emplazadas bajo las almenas de la torre vigía, y por eso aquellas aves nos rondaban de continuo. El batir de sus alas —pese a ser un rumor harto conocido— pareció estremecer, en esta ocasión, al vigía. Regresó al rincón donde, junto a los cuernos de llamada, dormía, comía y vivía, igual que otra ave.

En aquel momento, le reconocí.

—¿Por qué te fuiste aquella madrugada, sin decirme nada? —le reproché, con una gran tristeza—. Yo te di parte de mi caza, y era cuanto poseía. Tú prometiste combatir a mi lado...

Pero el vigía movió de un lado a otro la cabeza, como si no comprendiera mis palabras, las negara, o las rechazara.

Y, en aquel momento, estrechándome en círculo invisible, noté unas pisadas a mi alrededor, y supe que me rodeaba un silencioso testigo del tiempo aún no llegado a mí; aquel tiempo que a menudo acechaba, o amenazaba mi existencia: sucedido y futuro a la vez.

–Aguza tus ojos, te lo ruego –murmuré, levantándole del suelo; y mi voz sonó tan baja, que apenas si yo mismo la oí–. Te lo ruego, otea hacia lo más remoto de que seas capaz, y dime si distingues mi verdadero tiempo.

–Yo no veo el tiempo –negó tristemente–. Sólo de tarde en tarde llego a descubrir, muy lejos, la memoria de lo que aún ha de suceder.

«Yo conozco esa memoria», me dije, y me pareció que mi corazón golpeaba las paredes de su encierro, con mucha más violencia que durante la pelea.

–Estoy oyendo pasos, vigía –advertí–. Alguien da vueltas, cada vez más estrechamente, a mi alrededor, pero yo no puedo verlo... ¿Sabes tú quién es...?

–Únicamente veo una sombra que intenta apoderarse de otra sombra, y que en verdad es la misma, como si la sombra blanca y la sombra negra penetrasen la una en la otra, y al fin llegaran a confundirse: y así acabará tan larga guerra...

Entonces me miró, como si el miedo, como flecha artera e invisible, le hubiera alcanzado de pleno. El sol gritó en el cielo: un largo clamor rojo y ultrajado inundó de sangre nuestros ojos, y hubimos de cerrarlos.

Había llegado la hora de abandonar la torre, pues a tal hora, debía prender el fuego para calentar el baño de Mohl (que era hombre muy pulcro y atildado).

Cuando descendía los escalones, oí la voz del vigía advirtiéndome que me mantuviese alerta, que no desfalleciera, ni durmiera, ni olvidara, pues sólo así...

Pero yo había alcanzado el último y más bajo de los escalones, y no pude oír más.

Días más tarde, hallé al vigía absorto en el cielo. Aún respiraba agitadamente, cuando le oí decir:

–¡Ahora, por fin, verás el Gran Combate! Inténtalo con todas tus fuerzas, joven caballero, inténtalo...

Me precipité junto a él, a su lado, y oteé el firmamento. La noche palidecía ya, delgadamente, en los confines de la tierra y el cielo. Una inmensa voluntad de ver afilaba mis ojos y mi mente. Jamás, ni en la más dura pelea, puse tanto empeño en conseguir algo; de tal modo, que podía oír crecer la hierba en las praderas, y el rumor de los ocultos manantiales: pero nada veía.

Lentamente, el relato del vigía fue vertiéndose como una lluvia plateada: hasta que mi cuerpo pareció al fin liberarse de su peso, y distinguí, en lugar de aquel frío amanecer, el sol más pleno. En el silencio del mediodía, avanzaron tres jóvenes guerreros: los vi acercarse, cada vez más nítidos, tanto que a punto estuve de reconocer su rostro.

Luego, bruscamente, el mundo se cerró sobre mí, y me anegué en la hondura de la más vasta soledad. En tal vacío, crecía mi angustia; el miedo antiguo iba filtrándose, con viscosa humedad, por todos los poros de mi piel. Y era un miedo que parecía brotado del silencio o de la ausencia de mí mismo. Me dije que estaba perdido en el silencio de la tierra toda: de todos los muertos y de todos los dioses olvidados. Como luciérnagas nocturnas abríanse paso, hacia mí, los ojos del dragón amarillo, y los del exhausto animal que adoraba, junto a las reliquias de San Arlón, mi padre.

Suavemente, tal como la noche se desprende del día, se alejaron el terror y las tinieblas. Y sentí que la vida renacía de nuevo, con fuerza superior a toda la habida hasta el momento. Y volví a pesar sobre la tierra.

Un gran apego a la vida alejó la angustia de mi soledad: nunca había experimentado la posesión de mi propia vida hasta tal punto, y me juré que, a través de esta posesión, alcanzaría un día la máxima posibilidad de mi existencia. Y me dije que, acaso, todos los hombres –como todos los pueblos– traían al nacer esta imagen de sí mismos, aunque no supieran defenderla, como estaba dispuesto a defenderla yo. Semejante voluntad ya no me abandonó, y bajé de allí con renovado tesón en mis propósitos. Pues albergaba tan encrespada capacidad de poder, que hubiera abatido un ejército, dispuesto a arrebatármela. Convertido, por propia decisión, en vigía perenne de mí mismo, me sentí múltiple peldaño de una vida ilimitada, libre y poderosa; desligada de toda cobardía. Y en tanto descendía los escalones de la torre, pensé que el mundo de allá abajo creía avanzar, y crecer, cuando en realidad permanecía atrapado en la maraña de sus dudas, odios y aun amor. Y supe que el mundo estaba enfermo de amor y de odio, de bien y de mal: de forma que ambos caminos se entrecruzaban y confundían, sin reposo ni esperanza. «Nunca más viviré en el terror», me juré. «Ni en el temor de mí mismo, ni en el de los dioses que olvidé, que conozco o que no conozco; ni en el de las pasiones que se marchitan al acecho de imposibles paraísos.» Existía en mi vida, y en la vida toda, algo más que dolor y que placer, que alegría y llanto, que dudas, aseveraciones o negación, que crueldad y amor. Pues –me dije– estas cosas flameaban unos necios banderines, y conducían a los hombres al saqueo, a la injusticia y a la muerte, aunque fueran a esta lucha con lágrimas de dolor, o con espíritu intachable. El mundo no era un grito de guerra, ni se debía alcanzar la vida a través de la violencia, la rapiña o el engaño, como siempre habían visto mis ojos, y enseñado todos los hombres; no podía ya sustentarse sobre el espectro del honor, o de la gloria, ni en repartos de bienes o de lágrimas, cual mísera mercadería. Salía de una profunda oscuridad, donde sólo a trechos brillaba un centelleo, rápidamente sofocado en nuevas tinieblas. Deseaba, con todas mis fuerzas, desprenderme de la piel de una existencia semejante, donde por igual se agitaban invasores e invadidos, vejando la historia de los hombres. Y regresó a mí la violencia de una tarde de vendimia, y comprendí el mensaje, o el pacto, de un viejo odre, mordido por las ratas y los perros (aquel cuero que despedazaban los muchachos, para fabricar caretas donde ocultar el rostro a la muerte, o a las intolerables desapariciones que nos afligen, humillan y envejecen). Y comprendí entonces que hasta aquel momento había crecido ciego, sordo y mudo: y me vi errante, en un páramo de soledad e ignorancia absolutas. «Nunca he vivido», pensé. «Sólo atrapé, al alcance de mi torpe mano, aquí y allá, jirones de una vida inmediata: sólo ecos, o fantasmas, de un grotesco y atroz banquete, del que apenas si he recogido las migajas.»

Como todos los hombres conocidos, me vi sañudamente obstinado en el encierro de todas la criaturas: en guaridas, cabañas, fortalezas, torreones. «Hombres encerrados, hombres levantando muros», me dije. Veía a la humanidad recluida en sus ciudades, villas, pueblos, cercando hasta sus deseos y pensamientos; tal y como cercaban el trigo con espinos, y los rediles con estacas aguzadas; erizados de lanzas, ovillados caracoles, temerosos de alcanzar su libertad. Para mí, había muerto el mundo de los guerreros y de los alquimistas, de los vagabundos, de los ogros, de los navegantes y de los dioses; mi vida ya era una parte de las infinitas formas de un tiempo sin límites, ni murallas, ni cercos espinosos. Yo era una gota, y a un tiempo alcanzaba la totalidad, de la gran luz: lluvia incesante, de alguna poderosa especie a la que, sin duda alguna, llegaría a integrarme.

Me prometí que jamás volvería a participar en una vida que no era mi vida; que no me mezclaría y confundiría a una raza que subsiste y trepa a fuerza de golpes, artimañas, renuncias, desesperación, odio, amor y muerte. «No moriré, no envejeceré jamás...», me repetía, en un júbilo casi doloroso. «Nunca harán de mí un odre mordido, sacrificado a la incuria del espíritu, humillado por la estupidez, calcinado por el terror.»

Día a día, el Barón Mohl fue abandonándose a la bebida; de forma que la moderación de que tenía fama (y fue cierta) se resquebrajó.

Cada vez se embriagaba con más frecuencia, y cada vez con menos compostura. En compañía de caballeros y gentes de armas, menudearon los festines nocturnos: rodeado de pajes, escuderos, y algún jovencito o jovencita a los que hacía objeto de sus mezcladas y volubles burlas y ternuras. Todas estas cosas, menudearon de tal forma, que una suerte de locura llegó a sacudir de parte a parte el castillo. Y así, podía adivinarse por doquier creciente exaltación, como encendida brasa. Menudearon las riñas, y los duelos a muerte; y los torneos se volvieron de día en día más sangrientos, y aun torvos, entre los jóvenes caballeros. De forma que, a veces, podía olerse la sangre en el mismo aire que respirábamos.

Este olor despertaba otros escondidos apetitos; y así, a ejemplo de Mohl, los soldados se emborrachaban, y reñían entre sí con frecuencia. Y los castigos más crueles caían sobre ellos. Hasta que llegó un momento en que por doquier parecían ensancharse, hasta en el mismo cielo, oscuras manchas rojas... de vino, o de sangre. Sentía sobre mí la mirada amenazadora, cada vez más intensa, de mis tres hermanos. Veía las sombras de sus caballos por doquier. Pero como el Barón me tenía siempre a su lado, me liberaba de sus golpes. Y cuando no estaba a su lado, y me refugiaba en la torre, sabía que allí jamás los encontraría.

Lo cierto es que no tenían ocasión de cumplir en mí la venganza prometida. Mas, aunque no fuese así –y me asombraba de mi propia seguridad–, no sentía miedo de ellos. Pues toda brizna de temor había sido aventada de mi vida.

En varias ocasiones, los restos vencidos de Lazsko penetraron en las tierras de Mohl, y allí sembraron su cotidiana muerte. Los hombres de Mohl respondían de igual forma; y, vivíamos encerrados en un círculo de traiciones y de violencia, de cuyo centro igualmente manaba violencia y sangre. Y, no obstante, yo permanecía apartado de todo, y día tras día me ganaba la certidumbre de vivir lejos de allí, de contemplarlos a todos desde una altura o una región cada vez más desentendida de cuantos vivían conmigo. Ya que, al fin, ni su júbilo, ni su dolor, llegaban siquiera a rozarme.

Una noche en que Mohl estaba más embriagado que de costumbre, me dijo:

–Hijo mío –últimamente solía nombrarme así a menudo, aunque ya semejante tratamiento no me sorprendía, ni afectaba–, cuando seas armado caballero te enviaré a mi mejor fortaleza; mas no a la frontera esteparia y mísera, ni a las lindes del que fue dominio de Lazsko, ese maltrecho puñado de tierra que ya sus antiguos vecinos se disputan como perros... Nunca enviaré a semejante lugar al mejor de mis soldados, al más querido de mis hijos. Te enviaré, por contra, al norte, allí donde sólo me detuvo el antiguo respeto hacia la selva. Hacia el norte se extiende, o navega, acaso, nuestra verdadera patria. ¡Un día la encontraremos!...

Quedó un rato como sumido en un sueño, a medias tierno y perverso, hasta continuar:

—En la tierra norte crecerás, poderoso Señor de la Guerra, Príncipe de la Guerra, Ángel de la Guerra... Mas no por generosidad mía, ni de nadie, sino por tus grandes méritos.

Por primera y última vez en la vida, me ordenó que brindase con él. Él mismo llenó mi copa, enlazó nuestros brazos y, de semejante guisa, bebimos juntos, mirándonos a los ojos. De forma que, nuevamente, comprobé el raro y casi transparente gris de sus pupilas —que todos (como yo en un tiempo) tenían por la más honda negrura—. Luego bajó los párpados, y miró hacia un lugar que se hundía muchas y muchas distancias bajo tierra. Como en busca de los muertos o los desaparecidos o los ya olvidados afectos de su vida. Y había de nuevo tal sombra bajo sus cejas casi rubias, que en verdad asombraba su contraste. Entonces cerca de mi oído, murmuró:

—Sólo te pido una cosa: cuando estés allí, nutre y cuida bien mi caza. Pues en aquel lugar abunda el ciervo y el jabalí, y sobre ellos cabalgan las voces de oro que avisan el rumbo de las flechas. Son los dioses que persiguen, acechan, y dan muerte, junto a los manantiales, a los incautos cazadores; pues les atraviesan el corazón con su puñal de hueso labrado. Sí, hijo mío, aunque no lo vi con estos ojos, sino con otros insomnes, y aferrados a una reconstruida memoria que mucho turba mi ánimo... —se rió, casi suavemente, y añadió en voz muy alta, de forma que todos le oyeran—: Y deja que los cerdos coman las bellotas.

Dicho lo cual, miró con dura sorna a mis hermanos: o mejor, al lugar donde se sentaban. Pues sus ojos poseían la rara facultad de atravesar los cuerpos que no se dignaba apreciar. Como cuando su mirada se prendía (con oculto dolor) tras las verdes ventanas de su cámara.

Los puños de mis hermanos se aferraron al pomo de sus espadas; y los nudillos de la vellosa mano del mayor palidecieron hasta parecer blancos.

El Barón ordenó que llenase nuevamente su copa. Volvió a beber –esta vez solo– y prosiguió:

–Allí donde te envío, verás muchos caballos, libres y abandonados. Déjalos, no los apreses: son últimos vestigios de un pueblo que olvidó o asesinó a su rey... ¡Déjalos vivir, hijo mío!

Y, cosa en verdad insospechada, sus manos temblaron, al murmurar, como para sí:

–Hombres errantes, tristeza errante... ¿hacia dónde rodó el trueno de vuestra marchita cólera...? ¿Qué arrastráis, con tan insaciable descontento...?

Tanto vino había ingerido aquella noche, que su copa, por vez primera –al menos a mis ojos–, cayó de sus manos; y, acto seguido, su cabeza chocó violentamente contra la mesa, como si el invisible y silencioso verdugo que rondaba su vida, le hubiera abatido bajo un filo más atroz y poderoso que el del hacha. Ya no quedaba –pensé– un resto, tan siquiera, de la compostura y moderación que otrora me habían maravillado.

Me apercibí entonces de que mis hermanos habían abandonado la estancia. Sólo quedaban algunos caballeros, totalmente ebrios y desmoronados sobre sus asientos. Huí de allí, buscando una salida contraria a aquella donde, según imaginé, estarían acechándome mis hermanos. Y con mayor ansia que nunca, corrí hacia la torre vigía, acuciado por una súbita pregunta, cuya respuesta –eso esperaba, al menos– podría desvelarme el verdadero sentido de mi vida.

El muchacho de la torre estaba dormido, junto a la cornamusa. Lo alcé del suelo, lo zarandeé, presa de urgente sed y violencia; volví su rostro al cielo, y le ordené que escudriñara el horizonte de las brumas, de la noche o del día: allí donde se abriera el país de sus visiones. Luego, le supliqué que, con toda su agudeza de hombre alerta, lograra distinguir a los caballos blancos y a los caballos negros: que alcanzara el momento justo en que su ataque lograra vencer, o aniquilar, cualquiera de las dos fuerzas: o, tal vez, ambas. «El fin del mundo es el triunfo de los hombres... Tú eres la imagen contraria del mundo», oía, en torno a mí.

Estuvo mucho rato apoyado en las almenas: silencioso, espiando hacia quién sabe qué signos, o qué rostros, o qué huellas de galopes. Al fin empezó a hablar, con el enajenado tono que solía emplear en sus visiones:

–Veo grupos de hombres que vagan por las planicies... Diezmados ejércitos, pueblos vencidos, reyes que perdieron su dominio... Señores sin ejército ni vasallos, expulsados de algún paraíso que creyeron su reino... Veo criaturas de la estepa, jamás saciada su sed de las praderas. Otros hombres descienden, dando gritos, por los barrancos: hombres batalladores e insatisfechos, pueblos inestables y temerosos... jinetes solitarios, sobre caballos negros, a rastras de un odio o una nostalgia blancos. Y unos y otros disputan, como perros, los jirones de un desangrado y muy viejo animal, que aún respira, pues su estertor hace temblar las ramas de las selvas y estremece la profundidad del mar: es la antigua y destrozada imagen de la gloria –tal como puedan haberla imaginado un niño, o un pueblo–. Mas al fin llegan los negros jinetes a invadir la pradera y los guerreros blancos salen a su encuentro; pero, unos y otros, atacan y defienden una desaparición. Y distingo sobre sus cabezas, en el vasto archipiélago de las estrellas, el naufragio celeste de cien dragones de oro; y esa batalla se repite, y continúa, en la sangre de todos los amaneceres, de todas las furias solares; se repite y se reanuda sin posible fin: porque la muerte rebrota de la muerte, y la vida ha desaparecido, desde ya muy remotas batallas. Y el dios que preside la larga mesa de los Señores de la Guerra bebe lluvia y ceniza continua en su copa oxidada; y en cada uno y todos los amaneceres, se oye el grito negro de su espada; y el eco devuelve el grito de todas las guerras; y nada puede ya interrumpir la innumerable e infinita libación del dios de ojos azules y dientes teñidos en sangre, pues su antigua patria, el mar, horrorizado de ellos, huye hacia desconocidas playas.

Bruscamente se interrumpió. Y aunque le supliqué que no se detuviera, que se esforzara en desentrañar más y más visiones, él seguía en silencio. Desesperado, intuí que me hallaba al borde de la gran prueba, que estaba a punto de conseguir ver, por fin, el Gran Combate.

El vigía rompió entonces su silencio:

–Esa conquista no llegará jamás. Ya han muerto todos los hombres, pero los caballos continúan agrediéndose entre sí. Veo, confundidas, las crines blancas y las crines negras; la sangre corre por sus belfos, cuellos, ijares y flancos; y agonizan, en cruel e inútil empeño, sin dominar a la muerte, puesto que la muerte es su más fructífera semilla.

Entonces, llegó a mí la voz del Barón Mohl, aun a través de los labios del vigía:

–Hombres errantes, hombres errantes, ¿hasta cuándo...?

Decayó la tensión que mantenía al muchacho de la torre en su alucinante estado; y con él, cesaron sus reveladoras visiones. Como un vulgar siervo, se dejó caer en su rincón habitual, cansino y resignado. Me senté a su lado, estreché sus manos y busqué sus ojos, para comunicarle algún calor de la exaltación que me dominaba. Le dije que ya no deseaba apartarme ni de su lado ni de aquel lugar, hasta lograr entender, o descifrar, el enigma de aquel eterno duelo. Afirmé que estaba dispuesto a no bajar de la torre, a permanecer para siempre en su rincón, compartiendo su vida, hasta lograr ser como era él.

Al oír mis últimas palabras, pareció abandonar su apatía.

–¡No harás tal cosa! –se escandalizó, más que temió–. Me llena de temor oírte...

–¿Por qué siempre ese miedo? –grité, con súbita ira.

Pero mi grito, más que hacia su persona, iba hacia la tierra, el aire, el agua y el fuego: un grito que se arrojaba contra los bosques, las estepas, las criaturas todas, contra el inmenso y lejano mar del mundo, contra aquella desconocida frontera septentrional donde –según había dispuesto mi señor– sería yo, un día, el verdadero Ángel de la Guerra; y al tiempo, sabía que no existió jamás un Ángel implicado en ese empeño, y que tales sueños o esperanzas, provocaban la sonrisa de aquellos dioses que avisaban de la muerte a los jabalíes, con su larga llamada de oro.

Miré hacia la luz naciente, donde la bruma se posaba, como toda amenaza de sangre, traidora y dulcemente.

–Ya no hay miedo –repetí, una y mil veces.

Y luego, intenté explicar al vigía que estaba dispuesto a rasgar el mundo en dos mitades, y que de esta división renacería yo, criatura de mí mismo. Y me oí, con más desesperación que convencimiento:

–Y viviré, viviré, viviré...

Entonces, el vagabundo-vigía me quitó la daga de entre las manos; pues, sin saber cómo, la tenía asida y alzada contra el amanecer. Descubrí tal pánico en su mirada, que creí asomarme a una sima sin fondo. Y sentí, en mi rostro, el húmedo relente de una desconocida noche.

–Ten mucho cuidado –me advirtió, con la despaciosa y sabia cautela que, a despecho de mostrarse tan ignorante en las demás cuestiones, transpiran los siervos ante hombre o fuerza capaz de destruirles–. No debe torcerse el fluir de los ríos, ni el discurso del humano acontecer... No intentes, joven caballero, desviar el cauce de tu vida, por brillante que imagines este esfuerzo... Baja de nuevo al mundo de los guerreros, de las víctimas y de los verdugos; vuelve junto a tu señor, que tanto te ama; y recuerda que todavía no han visto tus ojos el Gran Combate.

Comprendí que sus palabras encerraban mucha verdad. Y, al tiempo que decaía y se templaba mi impaciencia, me dije que, por cierto, mis ojos no habían logrado alcanzar tan anhelada visión: ni en la luz del amanecer, ni en la fría complicidad de las estrellas. Tan sólo, en el curso de cierto misterioso mediodía –de todo punto inexplicable, puesto que estalló su esplendor apenas alboreada la más tierna luz–, llegué a divisar, en las abrasadas estepas celestes, tres jóvenes guerreros que se parecían demasiado a mis hermanos.

X

JINETE SIN RETORNO

Llegó la víspera de Pentecostés. Y tal como lo prometiera, el Barón Mohl dispuso y ordenó todos los pormenores y preparativos para la ceremonia de mi investidura, con el mismo celo que hubiera tenido para con su propio hijo.

En la jornada que precedió a tan señalada ocasión, tuve oportunidad de sentir, físicamente, sobre la misma piel, la variedad de zarpazos y rasguños que componían tan maliciosa expectación sobre mi persona; y, como si en lugar de ojos y dientes tratárase de aguijones o dardos, cuando más de una persona se reunía a mis espaldas, innumerables miradas y sonrisas venían a clavarse en mi nuca. Y notaba el escurridizo rastrear de malignas sospechas y burlas soeces enroscándose en mi cuerpo. Ora aquí, ora allá, me llegada el rancio husmo de insinuaciones procaces —cuando la ignorancia se ufanaba de sagacidad— y el acre tufo de groseras certezas —si la hipocresía parodiaba escandalizado sonrojo—; pues todas estas cábalas iban destinadas a interpretar la verdadera índole de aquella predilección tan manifiesta que me dispensaba Mohl. Creo que pocas veces —o acaso nunca—, llegada la víspera de tan solemne fecha para él, un joven escudero de noble cuna fue menos agasajado, o amistosamente tratado, por quienes con él convivían. De tan abierta malquerencia, no se desentendieron mis compañeros; incluso podría decir que sus murmuraciones fueron las más enconadas, y los más osados comentarios salieron de sus labios.

Pero ninguna de estas cosas alcanzaba —pues resultaban volanderas e inocentes en su comparación— al huracán de resentimiento, disfavor y revuelta de muy enquistadas hieles, que encrespó el ánimo de mis hermanos. De suerte que, si de lejos o de cerca los avisté durante todo aquel día, buen cuidado tuve en distanciar, con tanta discreción como diligencia, nuestras mutuas personas. Pues el resplandor de la hoguera que entre los tres venían alimentando harto tiempo, lamía y abrasaba, como lengua de dragón, todo mi ser, y hasta diría que mi sombra, o la huella de mis pasos. Y sentíame, en tales instantes, pavorosamente solo –aun en medio de la abigarrada promiscuidad en que, por lo común, transcurría la vida del castillo–. Y creía hallarme a merced de alguna fuerza sobrenatural y exterminadora, más poderosa que ninguna, si llegaba a sentir –aun de lejos– sus ojos en mi persona. Tan sólo la polvareda amarilla que levantaban los cascos de sus caballos, o la negra mancha que recortaba en el suelo el contorno de tres jinetes (o acaso, tres misteriosos abedules), me atenazaba en una suerte de húmedo estupor, que llegaba a inmovilizar mi cuerpo entero. «No hay miedo, no hay muerte...», me repetía. Pero bien sabía que únicamente en lo más alto de la torre vigía lograba poseerme tal convencimiento.

Acercose, al fin, la hora en que Ortwin debía conducirme a la cámara privada de Mohl, donde se iniciaría el primero de los ritos que componían tan prolija ceremonia: el baño purificador. Más tarde, comenzaría la vela nocturna, en la soledad de la capilla, donde debía embeberme en meditación y pureza absolutas, pues, cuando un nuevo sol incendiase el contorno de las dunas, habría amanecido el día en que se integraría mi vida a la vida de los caballeros. Y, de pronto, considerando la inminencia de tal circunstancia, antojóseme ese un día inscrito ya –y hasta olvidado– en un tiempo tan remoto y ajeno, que en verdad pertenecía –o perteneció– a una criatura que nada tenía en común conmigo. Y mientras Ortwin me precedía por el escalonado corredor que conducía a la cámara de mi señor, consideré, también, que mucho debía apreciarme éste; pues ceder el privado santuario de sus más íntimos dominios, como escenario de tales preparativos, en otro habría revelado gentileza, pero en el Barón –tan celoso de su tristeza, sólo visible allí dentro– más podría considerarse generosidad inaudita, y hasta escandaloso desvarío. Y demostraba, una vez más, su indudable inclinación hacia mi persona (que tanta irritación despertaba en las de los demás).

Nos hallábamos ya al final de nuestro camino, cuando una frase –ciertamente empapada de malignidad y salaz intención– rebotó en las húmedas piedras del corredor; y, antes de caer al pozo del rencor, brilló tan venenosamente que, aun siendo de todo punto imposible alcanzar los labios de quienes la proferían, reconocí en ella la voz triplemente bronca de mis hermanos: acaso únicamente así aliviaban el grandísimo dolor que hería y ultrajaba –con tanta distinción hacia mi persona– su en verdad muy pisoteado orgullo. «Te batirás con tus hermanos, uno a uno», culebreó entonces, por el techo del corredor, otra voz. Y reconocí la voz de un hombre muy antiguo, que erraba, por igual, en pos de la soledad y del amor; tal como antaño oscilaba entre la violencia y la dulzura o el olvido y la eternidad, hoy. «Dispondrás de sus vidas como mejor estimes o plazca a tu capricho...» Mis manos se crisparon sobre el cinto: aquel de donde, a partir del siguiente día, pendería para siempre mi espada.

–Ortwin... –llamé. Mas en voz tan baja, que creí no podría oírme.

Por el contrario, se volvió a mí tan rápidamente como si esperara esta llamada. Y como ya habíamos alcanzado el último peldaño, y nos hallábamos a pocos pasos de la cámara de mi señor, su rostro quedó bajo la luz de las cuatro antorchas que, ensartadas, llameaban entre las piedras del muro. Aquel resplandor arrancaba diminutos soles a su roja barba, y su cabello –que tan cuidadosamente desenmarañaba con el peine de hueso– semejaba un casco muy bruñido. De nuevo, aquella figura y aquel rostro, tan conocidos, me parecieron huidos: una historia narrada a un niño por algún viejo ex-mercenario; un bello y atroz lance de guerra, acaso falso, ya sólo capaz de fascinar al fantasma de un muchacho solitario, que vagaba por las praderas, soñaba con la guerra, e inventaba, cielos adelante, el reluciente jinete de la gloria. «Más allá del odio»... rememoré, con agria melancolía. Y me dije que no sólo el guerrero vivía más allá del odio, o del amor. Pues yo no era, ni sería jamás, un verdadero Señor de la Guerra, ni apenas me lograba reconocer como simple y humana criatura; y, sin embargo, galopaba ya, enajenadamente, más allá de ambas ataduras.

Sabía que todas las voces oídas, aun cuando sólo el viento las empuje y lleguen a nosotros a través de los entresijos de las piedras, son verdaderas: certeras y premonitorias, o vestigios de ambas cosas, Y de tal guisa, vagan por las almenas, o los oscuros corredores de las torres; y su injuria, o su llamada, golpean muros y conciencias por igual. Tal como temía, regresó entonces la voz de mis hermanos. Y no sólo su voz, sino la innumerable y dispersa oración de toda malquerencia y recelo que rondaban mi persona. Mas no había otra razón, ni otro destino a tal inquina, que la inmensa insatisfacción y ofensa que despertaba por doquier la predilección que me mostraba el Barón Mohl. Así, todas aquellas voces se encontraron y entrechocaron como espadas; y, al fin, encajáronse una sobre otra, ajustándose con precisión –igual a idénticos caparazones–, y formaban una y múltiple protesta, reproche y desafío.

Mucho me costó desprender mis oídos, y el galope de mi corazón, de aquellas voces. Y consideré, con amarga laxitud, que si quienes de tal forma emponzoñaban con semejantes sospechas –en verdad nada limpias– la relación que me unía al Barón, hubieran reflexionado someramente sobre la evidencia de que mi fea y tosca persona se hallaba bien lejos de incorporar el ideal que de habitual encendía las debilidades –carnales o sentimentales– de mi señor, acaso hubieran desechado tanta murmuración, presunciones o íntimas certezas de que tales infundios respondieran a una verdad. Pero, en el aire del castillo, bien se respiraba que todos, o casi todos, consideraban el afecto que me mostraba Mohl como signo indudable de una nueva pasión, entre las muchas –en verdad, harto desbocadas en los últimos tiempos– que alegraban sus ocios. Pues, desde el día y hora en que el árbol blanco de la muerte clavara su raíz en la sien de mi señor, todo disimulo, o recato, habíanse aventado de sus costumbres como el humo. Lejos quedaban ya unos días en que, si el viento azotaba el gris de la tarde, los ogros salían a caballo, a la muy secreta caza de preciadas presas: criaturas de piel transparente y encendidos labios, cuyo sabor paladeaba en la más estricta y acallada intimidad. Pues aquel ogro que salía en busca de carne fresca, refrenaba, incluso, la burda cháchara de la soldadesca; ya que con tanto secreto salía de caza, como volvía de ella; y en tan riguroso como delicado misterio retirábase a dar cuenta de su víctima, que tan sólo los verdes vidrios de su ventana hubieran podido repetir los pormenores sucedidos en el transcurso de tan arraigada como decorosa voracidad. Por contra, en los presentes días, el ogro hacía ostentación, alardes y aun exhibición muy poco sutiles de los devaneos y antojos que agitaban su naturaleza; y el ogro cazador mostraba hacia sus víctimas un talante en verdad versátil, y a veces bastante cruel, a los ojos de quien pudiera contemplar tales excesos.

Mas estas reflexiones, con todo y responder a la verdad, no empañaban otros aspectos, aún muy estimables, en quien fuera tan cumplido caballero: pues el Barón sentía hacia mí una clase de afecto que, según me placía imaginar, ennoblecíale y elevábale sobre las ataduras de otros goces –sin duda mucho más regalados y variopintos– que, tan irremediable como míseramente, le convertían día a día en su propio cautivo. Aun descartado –por obvio e innecesario– el hecho de que jamás hombre tan melindroso, rebuscado y exigente en lo tocante a sus amorosas elecciones, pudiera algún día –ni tan sólo proponiéndoselo como severa penitencia a sus otros desvaríos– intentar una historia de amor, de añoranza (o de simple desesperación) en mi persona, tengo para mí que el buen señor habría muerto de horror e inapetencia, sin llegar a reunir el coraje suficiente para siquiera atisbar las primicias de una empresa semejante. Pues nada más lejos de las mórbidas y frescas piezas por él buscadas que tamaña fiera de piel áspera y quemada como era mi persona; ni podría hallarse cosa más opuesta a la rizada seda de unos negros tirabuzones –cual yo los comprobé, en sueños o no, cierto día que desperté en su cámara– que los pegajosos mechones que con tanta abundancia como escasa pulcritud untaba, antes de trenzarlos como él ordenara (con más aplicación y buena voluntad que sutilidad olfativa), en ungüentos fabricados por el buen Ortwin. Y en cuanto a mis manos, huelga decir que si zarpas parecían por propia constitución, feroces y desgarradoras armas hubiéranse antojado al compararlas con aquellas otras cubiertas de hoyuelos y duchas en tiernísimas sabidurías, como a él placían. Y no hacía falta mucha imaginación para suponer que tales extremidades (aunque mucho me sirvieran para llevar a buen término toda clase de juegos guerreros, o para valerse en la rudeza donde habitualmente solían debatirse) poco indicadas resultaban para el pellizco retozón, la carantoña amorosa o el jugueteo de alcoba. Y, aun en la imposibilidad de que tal cosa se les pidiera, más que gorjeos de placer, hubieran arrancado a su infeliz destinatario aullidos de dolor; y excusa decir, cuanto peor en el caso de que fuera tal destinatario un catador de deleites tan repulgoso como mi señor, el Barón Mohl. Sin olvidar que el mal talante que me distinguió desde la infancia (tan escasamente capacitado para toda suerte de arrumacos) hubiera aniquilado, de inmediato, la más aplicada voluntad de autopunición, o de auténtico fervor, en tan contraria naturaleza. Pues si bien mi ogresa solazábase otrora clavando sus agudos puñalillos blancos y recorriendo así la corteza y entresijos de una criatura que tan escasos primores albergaba, no resultaba un secreto, ni para el más zote, que muy distintos eran los apetitos —tanto carnales como sentimentales— de cónyuges tan nobles, hermosos y placenteros, como contradictorios.

Diciéndome estas cosas caí en la trampa de recuerdos entrañables, y no deseché —como otras veces— la evocación de mi gentil bienamada: antes bien, me deleité recordándola mientras tensaba su arco, dispuesta a rematar —aunque no precisase tal cosa la ya muy aguijoneada pieza— el corzo, zorro, o cualquier otra criatura propicia (puesto que las de su especie, si bien presumo mucho le hubiera placido utilizarlas en tales fines, no estaban a tan fácil alcance de su desenfado). Y al igual que en ocasiones de violento esparcimiento, en que tanto se gozaba cuando daba en ogresa, un rocío centelleante coronaba sus sienes, brillaban sus largos y blancos dientes y dilatábanse las finas aletas de su nariz, antes de devorarme, o rematarme (tal como hacía con los moradores del bosque). Y, no obstante, tamaños excesos habían logrado arrancarme de la espesa ignorancia y embrutecimiento en que me hallaba hundido cuando la conocí; y, día a día, convirtiome en la más complacida víctima de sus apetitos.

En estas evocaciones, a punto estaba de permitir a mi ánimo el atropello que supone reverdecer tan viejo como dolorido amor –amor que sólo entendí la tarde en que la vi flotando en las aguas del remanso maldito–, cuando el buen Ortwin me salvó de aquellas peliagudas remembranzas, dejando caer su mano en mi hombro.

Pese a que no me tengo por desmedrado, ni mucho menos dengoso, lo cierto es que tal expresión de su poco expansiva naturaleza, produjo en mí una reacción semejante a la habida si, en vez de una mano, hubiérase desplomado sobre aquella parte de mi cuerpo una maza de proporciones más que regulares y virulencia manifiesta. Su golpe sacudió, pues, no sólo la dulce turbación de tan peligrosa corriente en que había empezado a abandonarme, sino todos mis tendones (desde el cuello al talón de aquel flanco). Por las mismas razones que no suelen gemir los caballos, no lo hice yo: pero, si hubiera ocurrido tal contrasentido de la naturaleza, más que gemido hubiera estremecido, hasta la última mazmorra del castillo, un aullido descomunal. Me contuve, empero, como contienen las nobles bestias toda clase de efusiones. Y segadas de un tajo toda suerte de reflexiones sobre la condición de mi señor, la mía o la de mi señora, aventáronse por igual razonamientos melancólicos y rememoranzas: de forma que sólo hube pensamiento para escuchar a aquel que con tanta evidencia reclamaba mi atención. Y como era lento y minucioso en el hablar –y en arrancar a ello–, hube tiempo, antes no se decidió a hacerlo, de reflexionar sobre el hecho de que tan sólo una persona en el castillo quedaba a salvo del veneno que destilaban todos hacia la verdadera índole de una relación tan simple y paternal como la que acercaba al Barón a mi persona; y la única persona ajena a semejantes murmuraciones y rencillas, era aquella que con tanto brío y pausa dejaba pesar su mano sobre mi hombro. Y, aunque aquel peso crecía, y en verdad maceraba mi hombro, debía tenerlo en gran estima, pues gran alboroto de reflexiones y mezclados sentimientos debía rebullir en el inmutable Ortwin para, de semejante forma, quebrantar su habitual comedimiento e inexpresividad. Y no resultaba difícil, observando su rostro rubicundo, y sus ojos manchados de verde y amarillo, que semejaban maduros granos de uva, adivinar la causa de tales trastornos; pues, a buen seguro, obedecían a lo mucho que debían mortificarle el barullo de habladurías que por doquier estallaban y manchaban la de todo punto honesta actitud del Barón hacia mí.

En desquite (o justicia) hacia algunos de los que propagaban toda suerte de historietas obscenas a este respecto, debo señalar que, acaso más que auténtica malicia o afán de propagar infamias, delataban fanfarrón alarde de una supuesta agudeza, o vaporoso gracejo de lo que imaginaban el más alambicado tono cortesano (aunque las salacidades cocidas en sus poco inspirados caletres hubieran desvanecido de rubor, tanto por su descabellada estupidez como burda deshonestidad, al más empedernido soldado de la guardia).

Mientras aguardaba las difíciles palabras de Ortwin, comprobé que mucho se esforzaba en aquel instante su mollera. Allá en lo hondo (mucho más allá de la plegada y rubicunda frente) atareábase su cacumen en la elección de las palabras que habría de manejar. Aplicábase, sin duda, a esta elección, como se podría ajetrear en las profundidades de un recóndito almacén o cofre; pues proponíase ordenar y aderezar, como mejor conviniera, alguna importante comunicación que deseaba hacerme. Cuando, de súbito, una cólera del todo inesperada vino a apoderarse de los dos granos de uva que semejaban sus ojos:

—No prestes atención, ni permitas que llegue a apenarte —dijo— la abyecta comadrería que ronda tu persona y la del Barón. No malgastes siquiera tu desprecio, arrojando unas migajas hacia quienes propagan tamañas insensateces, o rebañan con lengua hambrienta los fondos del nefando perol de la maledicencia. Pues ten bien presente que cuanto cocina la envidia en la olla de seseras ceporras llegaría a maravillarte por la pestilencia y ranciedad de su caldo, tanto como por su abundancia; máxime, si consideras el raquítico tamaño, mal estado y peor factura de semejante recipiente.

Quedé perplejo ante la excelente disposición y aun economía de medios de que se había servido para, al fin, exponer el conjunto de sus ideas: con tanto esmero acabado, como ponía al elegir un adecuado atuendo. Pero noté que Ortwin aún no había desembuchado la parte más sustanciosa de sus reflexiones, o consejos: pues una distensión de sus torcidos labios (deformados por el tajo que a punto estuvo de dejarle mudo, ya que hubo de tragarse, por ello, la mitad de su barba) anunció el intento de una sonrisa. Y aunque poco me importaban, en verdad, tanto las alabanzas como las bigardías que se pudieran solazar en la reputación de mi persona, y aunque nada nuevo añadía a mi propio sentir y opinión en tales cuestiones, estimé su consejo, y aguardé en silencio diera rienda suelta a la totalidad de sus manifestaciones. Y tuve tiempo de apercibirme de que la misma enajenada docilidad de aquella espera animaba mis pasos hacia la cámara de Mohl, donde, a buen seguro, ya me aguardaban los caballeros encargados de aleccionarme en la primera de las iniciaciones acostumbradas: con idéntico ánimo, el día siguiente, emprendería la ruta que había de integrarme al mundo de los caballeros o de los vagabundos, a que, en suma, pertenecen todas las criaturas. Aceptaría tal consagración, de manos de Mohl; y así sería de por vida –una vez aquel hombre que era, a un tiempo, mi padre, mi protector y mi protegido golpeara mis hombros con la espada–. Pues, así lo entendí entonces: todo lo que podía despertar una criatura como yo en un señor como él, no era otra cosa sino una recóndita sed de cobijo, o amparo, a sus muchas flaquezas y contradicciones.

Cuando Ortwin continuó sus advertencias, o confidencias –no sabría cómo llamarlas–, atisbé en su voz una suerte de abandono: como si se reconociera víctima de alguna inexorable ley que le había relegado –desde inmemoriales tiempos y raíces– al desengaño y la decepción del mundo en que le tocó vivir.

–Conozco hace tiempo a Mohl –dijo tan despaciosamente como solía–. Tiempo y tiempo estuve a su lado: tanto en los combates, como en la paz de su recinto. Por eso, puedo decirte que le conozco bien. Y habrás observado, acaso, que podemos mantener diálogos muy cuerdos, y desprovistos de toda floritura o palabrería; pues sin que abra los labios, con sólo un leve gesto suyo atino a ofrecerle el guante que prefiere, el arma, o el manto. Lo demás, sobra entre nosotros. Así que muy bien se trasluce, a mis ojos, cuanto pasa por su mente, y por su corazón.

Una rara melancolía empañó la mirada de Ortwin y tan extraordinario era esto, que un frío soplo me caló hasta los huesos.

–Tú sabes –dijo al fin– cuán poco distingo hace el Barón entre uno u otro sexo; esto es, que, para su solaz, igual toma un muchacho que una doncella. Pero esto no significa en él –como creen los mentecatos, o inventan los resentidos– una relajación moral, o física. Te dice, quien bien le conoce, que en esas criaturas que con tanto afán y tristeza persigue –muchachos o muchachas– no busca Mohl el placer, ni el amor. Largo tiempo ha que emprendió un desenfrenado galope –en verdad, una huida, de la que jamás podrá regresar–; y en tal huida, y, en tales criaturas, sólo le anima una sed larga y desesperada por retener junto a sí la juventud y la vida.

Apenas dijo estas últimas palabras, se alejó de mí. Y, en verdad, que me abandonó, y para siempre.

Comprendí –o así lo creí entonces– que Ortwin era tan sólo un espectro, una huella o un eco; que nunca había convivido realmente conmigo; que tan sólo se me había manifestado muy brevemente, en aquel instante: como testigo de unos hechos sucedidos en un tiempo, y en una tierra, para mí inaccesibles.

Por tanto, no me acompañó a la cámara, como estaba mandado. Y por primera vez –que yo sepa– quebró una tradición, o una costumbre, que hubieran debido ser para él –en normales circunstancias– de capital importancia. Y me sentí en una soledad y un vacío verdaderamente fuera de lo común (y aun diría que amenazadores).

En el agua tibia, deshojadas, flotaban unas rosas salvajes. Su vista trajo a mi memoria, de inmediato, la copa de mi ogresa, donde iguales o parecidos pétalos sobrenadaban en aguamiel. Y la sensación de repugnancia –y aun horror– que entonces me inspiraran, regresó a mí.

En torno al baño ritual, me aguardaban cinco de entre los más distinguidos y maduros caballeros de Mohl. Intentarían –en tanto yo purificaba mi cuerpo– verificar igual limpieza en mi espíritu. Pues, a través de sus consejos, prepararían mi ánimo de forma que éste –sabiamente adiestrado por ellos– se mantuviese, durante mi vida entera de caballero, firme en sus consignas.

Dábase por supuesto que tales consejos, advertencias y ejemplares instrucciones obedecían a una rigurosa práctica en las costumbres y vida general de quienes se disponían verterlos, tanto en mis oídos, como en mi conciencia. Dos de ellos lucían en el cuello y rostro alguna cicatriz, marca o costurón, como muestras de indudable valor y arrojo en el combate. Los otros probablemente atesoraban idénticos honores, aunque en zonas menos visibles de su cuerpo. Pero, sin duda alguna, los cinco habían sido elegidos entre lo más florido, si no en belleza –cosa muy evidente–, sí en cuanto a valentía; a fuer de suponérseles tan generosos como honrados, y honorables como honestos. «No todas las heridas son símbolo del valor, ni del honor», oí clamar, entonces, a una voz delgada; voz que semejaba un caparazón, totalmente vacío de vida; o acaso, el rebote de palabras remotas en algún solitario paraje batido por el viento; una de aquellas voces, en suma, que galopaban por el cielo estepario, entre resplandecientes y muy heroicos combates, perdidos sin remedio en la memoria de los hombres. Todo mi ser se estremeció, pues reconocí el eco de otra voz: una que me rogaba, sobre los pétalos flotantes de una copa, el imposible regreso de los dioses. Abatido en una marchita tristeza, donde se mezclaba la repugnancia y el caduco amor que se llevó la estela de dos largas trenzas de oro, contemplé una por una las contradictorias cataduras de aquellos seres supuestamente dotados de excelentes virtudes. Y hubo de extrañarme que proviniera de tales criaturas el tesoro de honor, hidalguía, fortaleza y magnanimidad que, según presumía, iban a derramar, como el agua perfumada de aquel baño, sobre mi neófita persona. Y aunque todos ellos, como mejor atinaban, componían un semblante donde cupiera imaginar, o al menos no rechazar, la dignidad y contención más extremas –o lo que por tal tenían–, lo cierto es que me parecieron en verdad infatuados. Y muy grande sería, para percibirse de forma tan ostensible, la ufana necedad que inútilmente se acurrucaba bajo el manto de suntuoso silencio con el cual me recibieron. Pues, aunque tal vez aquel silencio, y su envarado continente, fueran destinados a revestir el acto de la mayor solemnidad, lo cierto es que a duras penas conseguían ahuyentar del mismo una torva y notoria cazurrería.

No era, ni mucho menos, la primera vez que los veía, aunque jamás habían llamado especialmente mi atención. Mientras me desnudaba, fui recordándoles en sus habituales afanes: engurgitando cerveza a tragos ruidosos, o vino –si así lo disponía o permitía el Barón–, con tal aplicación y contumacia, que no cejaban en su empeño hasta tambalearse, o –cuando menos– vomitar. No fue difícil rememorarles, a uno o a otro, cometiendo toda clase de abusos sin sombra de disimulo, en personas o contingencia capaces de satisfacer su avaricia o su brutal naturaleza: apaleando a troche y moche a cuanta miseria, debilidad o desventura cayera bajo su codicia o su simple fuerza; sonándose a manos llenas; orinando sobre la esterilla de juncos que tan cumplidamente cubría el suelo de la sala de ágapes; y un sinnúmero de cosas parecidas que, aun teniéndolas por habituales y sin relieve de particular importancia, el hecho de que jamás viera practicarlas en público a mi señor, me reveló (en un tiempo que ahora me parecía muerto) el gran abismo que va de hacer o no hacer lo que hasta el momento teníamos por natural y cotidiano, y que, de súbito, consideramos inútil o de todo punto ingrato.

Fue al entrar en el agua, cuando tuve realmente conciencia de todas las comparaciones que inconscientemente hiciera, desde que conocí al Barón Mohl. Y la rara melancolía que me produjo comprobar cómo mi señor había declinado de tal forma que, en los presentes días, si no igual, ya era parecido a ellos.

Mostrábase tan cálida la estación, tan dorado el sol de aquella tarde, que habían abierto las ventanas de la cámara de suerte que una de ellas quedaba justo frente a mi baño. Y pude aún distinguir el fresco resplandor del último cielo que asistiría a mis ya breves horas de joven escudero. Creí percibir, en la lejanía, el vaivén de los abedules, a la orilla del Gran Río; y luego, en el fulgor del sol, ya en declive, vislumbré –o imaginé acaso– la silueta del Barón, caballero sobre Hal; mas tan delgada y transparente que a poco fundíanse totalmente en el relumbre de un recuerdo, cada vez más apagado. Pensé entonces en Ortwin, en su brusco abandono y quebrantamiento de obligaciones; en la limpia estolidez de sus ojos, en las batallas y avatares que siempre compartió, de algún modo, con mi señor; y en aquel cofre donde guardaba el guante negro: aquel que ni tan sólo precisaba pedir su dueño, para sentirlo al punto apresando su mano. Mano que por igual sabía abatir enemigos, amigos, o sus más encendidos afectos. Entonces no sólo oí, sino que vi, muy claramente, la voz del Barón: cruzaba el cielo de la tarde, el sol maduro y último de mi juventud, y repetía, cada vez más lejana, y sin embargo, cada vez más audiblemente: «Hombres errantes... ¿Hasta cuándo...?». Me pareció que la luz y el polvo lo habían devorado, hacía mucho tiempo. De forma que su recuerdo era ya igual a una nevada, una batalla o un amor, espectralmente contemplados a través de unos vidrios verdes.

Me tendí en el baño; sentía los ajados pétalos, rozando mi pecho, exhalando un último perfume que empezaba a despertar oscuras voracidades. En algún árbol invisible, miles y miles de criaturas, tan diminutas como ningún ojo humano podría llegar a distinguir, rebullían de gozo, en la víspera de algún siniestro banquete; un festín, cuya proximidad, aunque enigmática, me estremeció.

Los caballeros me rodeaban. Alcé los ojos hacia ellos y, en un estupor donde se mezclaba el terror más inane, contemplé sus nobles y sabias bocas, abriéndose y cerrándose sobre mí. Probablemente hablaban de honor, justicia, limpieza de corazón y protección al débil; pero no oía sus voces. Y me parecía que, al igual que los pétalos flotaban y se arremolinaban en el agua, giraba yo, sin peso, en el dulce y falaz torbellino de un mundo sustentado en reflejos, ecos de voces, sombras de cuerpos, frágiles huellas en la arena movediza del olvido. Y sentí, y vi, que todos –ellos, y yo, y todas las cosas visibles o no visibles que guardaba aquella habitación– nos habíamos convertido ya en un recuerdo, empalidecido, cubierto de musgo; un abandonado recuerdo que ya nadie recreaba, ni guardaba del viento, que tan impíamente borra las pisadas de los hombres. Muy negras me parecieron, entonces, aquellas bocas que se abrían y cerraban entre el amasijo de barbas entrecanas, rojinegras, o casi azules, de los nobles caballeros cuyo prestigio había arracimado en torno a mi baño. Ya no sabía, ni podía recordar, el significado de aquella ceremonia, o rito: ni qué clase de purificación simbólica, ni cuál era la encomienda, o el destino, de mi nueva condición privilegiada entre los hombres. Cerré los ojos, sumido en un perfume sensual, casi nauseabundo; en la tibieza de una clase de abluciones que jamás, antes, practicara, pues sólo las aguas del manantial, entre escalofríos, habían mojado mi piel. A través de los cerrados párpados, adiviné que el día se volvía ceniza, y la noche lo aventaba hacia su húmedo reino de estrellas y luciérnagas; y en el centro de ambos poderes –que, bien lo comprendí, jamás se encontrarían– deslizáronse por la fina arena de mis ojos cerrados legiones de criaturas sedientas, feroces, tristes e insatisfechas; nómadas sin reposo sobre la vieja corteza del mundo. Comprendí que si no me resistía a aquel éxodo, éste me ganaría y arrastraría en su corriente, tan dulce como insidiosa. De forma que, sobreponiéndome a aquella suerte de embriaguez, abrí de nuevo los párpados: y vi que la noche se había apoderado de la tierra y del cielo. Alguien había cerrado las ventanas y encendido antorchas. A través de los vidrios verdes, la noche vibraba en un tenue soplo: como hierba mecida por el viento (aquella que una vez, apenas roto el invierno, se mostró tan oscura y azul en la pradera que llegó a parecer un mar a mi alcance jamás conocido).

Entonces, los pálidos Señores de la Guerra me ofrecieron las prendas que simbolizaban lo más esencial e imperioso de su encomienda: camisa blanca y nueva de lino, cota negra, y manto rojo. Colores que portaban consigo, y para siempre, consignas de pureza –o acaso ignorancia–, de muerte y de sangre. Luego, el más anciano, noble y feroz de mis verdugos –o víctimas– alzó mi nueva espada: la vi, levantándose entre sus manos, negra y agresiva como un grito de guerra; para mostrar a mí y al mundo la razón más poderosa y pesada de la tierra. Brillaron sus dientes, y repitió una vez más, sobre mi cabeza, que al día siguiente, luego de la ceremonia y el torneo –donde acaso mataría, uno por uno, a mis hermanos–, podría lucirla para siempre al cinto, sin rebozo ni temor alguno. «Pues por tus méritos te has hecho acreedor a un honor semejante, y así, con el nuevo sol, alcanzarás aquello a lo que todo noble aspira, promete y está obligado a cumplir.»

Mas yo sabía que no había mérito alguno en mis actos, que no había alcanzado ninguna victoria, ni era acreedor a reconocimiento u honor de ninguna especie, pues –ya sin remedio– me sabía simple navegante, o jinete; alejándome sin freno, ni retorno posible, de todos los hombres, todas las espadas, todas las promesas y todos los recuerdos.

Tras vestir la camisa blanca, me dejaron a solas. A poco, entró el Barón. Y sin hablarme, ni mirarme apenas –como si le inundara una suerte de resignada cólera, aunque no podría precisar hacia quién iba dirigida–, me indicó con un gesto que me sentara: en aquel mismo lugar, casi a sus pies, donde una tarde permanecimos tanto rato en silencio; aquella en que miramos juntos la última nevada de cierto invierno, tras su ventana. Me pareció que había envejecido de una forma casi monstruosa. No envejecía un hombre –pensé– en años, ni en meses. Sino, acaso, en un minuto, un día o una noche.

Inútilmente, aguardé que me hablara. Que me dijese –que repitiese, una vez más– aquello que ya empezaba a sonar en mis oídos casi como un sangriento escarnio: que en adelante debía comportarme con la mayor nobleza y valentía; que debía mostrarme generoso, devoto, compasivo, escudo del desamparado y azote del tirano; que repartiera, mundo adelante, justicia y amor entre los hombres... pero no fue así. Mohl no dijo nada.

Y luego de transcurrido un tiempo que me pareció largo –aunque no sé si duró apenas unos minutos–, tomó bruscamente mis manos; y pude percibir, en mi propia piel, el helado temblor de las suyas. Después las abandonó sobre mis rodillas tan dulcemente como abandonaba sobre una mesa uno de sus negros guantes. Y dijo:

–Guarda el más certero golpe de tu lanza para cuando te lo reclame. Pues algún día llegará en que te pida –como me lo pidió Lazsko– que me devuelvas lo imposible, o me atravieses con ella.

Y sin más, me despidió.

Varios caballeros –entre los que en vano busqué a Ortwin– me condujeron al patio de armas. Allí me aguardaban mi escudo, lanza y espada, junto al blanco caballo que fue de mi señora, y me donó el Barón. En la verdosa luz de la noche, aún reciente, me pareció ver sobre su lomo el vacío que en el aire abría la ausencia de un cuerpo alto y blanco; y el suave resplandor de unas trenzas de oro.

Luego, me condujeron a la capilla, y por fin, me dejaron solo.

Debía velar en oración durante toda la noche; de forma que mi espíritu se mantuviera tan ligero y bien dispuesto, como mi cuerpo tras el duro aprendizaje de tantos años.

Apenas se cerró a mis espaldas la doble puerta de la capilla (y aún vibraba en el aire el chocar del hierro, parecido al de las espadas), me despojé rápidamente del manto rojo –y de toda la sangre que no iba a verter–, de la cota negra –y de la muerte que no me estaba destinada–. Me descalcé, y liberé mi cuerpo de toda prenda, excepto de la corta túnica de lino; una pureza que ignoraba, aunque no rechazaba: puesto que no se puede rechazar lo que no se entiende, conoce, ni distingue.

Permanecí mucho rato, oyendo el relincho de mi blanco caballo, tras la puerta de la capilla. Al día siguiente, tras la misa, el Barón Mohl golpearía tres veces mis hombros con el plano de mi propia espada: aquella que forjó el hombre que prendió fuego a los sarmientos en una lejana vendimia de mi infancia. Me entregarían luego escudo y lanza; y yo debería montar de un salto en mi caballo, introducido por mis compañeros en el atrio. De allí saldría, al galope; y del mismo modo, me seguiría toda la comitiva hasta el campo: donde resplandecía la primavera, tan nueva todavía. Una larga cabalgata de caballeros, con Mohl al frente, sería contemplada de lejos por los campesinos, los niños, los perros y el viento. Y luego celebraríase la justa, donde, tras vencer uno a uno a mis hermanos, podría darles, al fin, muerte. Y el banquete que a este duelo seguiría, constituiría sus únicos funerales.

Invadido por una súbita, recuperada violencia, tomé la espada entre mis manos: era grande, negra y pesada, como el mundo. Sentí que me nacía una ira blanca, tanto como la misma pureza que pretendía simbolizar mi túnica de lino. Me ajusté el cinto, prendí en él mi espada y, con furioso desafío, apreté el pomo hasta sentir que se clavaba en mi carne. Dispuesto a atravesar a todo aquel, o aquello, que osara interponerse en mi camino.

Entonces, me cegó un vértigo grande, jamás conocido. Sentí cómo me tambaleaba; y recordé aquel día en que vi por vez primera el castillo de Mohl, reflejado a la inversa en las aguas del Gran Río: cuando creí que el mundo se había vaciado y vuelto del revés.

Las paredes, el suelo, la bóveda, desaparecieron de mi vista. Y me hallé solo, frente a una gran ventana abierta en la nada, a través de la que se agitaban, con vida propia, infinidad de partículas doradas, rojas, verdes. Un joven guerrero apoyaba el pie sobre la testa de un dragón, y, a su espalda, se adivinaba el contorno de un mar, o de una estepa, pero lejanos y luminosos; y no estaban hechos de agua, ni de seca tierra, sino de la misma luz, acaso. Entonces, me vi a mí mismo saltando a lomos del caballo que fuera de mi amada ogresa, con mi túnica blanca y mi espada negra; me vi hostigando mi montura y, al fin, enfurecidos por igual jinete y caballo, saltamos hacia la fantasmal ventana; y me vi huir hacia el campo abierto. Contemplé, así, mi propia cabalgadura, jinete sin freno, hacia una llanura tan vasta que resultaba imposible adivinar su confín. Y me alejé, más y más, estepa adelante; y pude verme cada vez más pequeño, más borroso, más lejano: hasta desaparecer definitivamente en el polvo.

Regresaron entonces las paredes, la bóveda y el suelo. No había ventana alguna, ni destellos de vida lucientes, movibles y desazonados. Tan sólo el muro de la capilla, y sus húmedas piedras, donde el musgo asomaba por entre las junturas. Oí nuevamente relinchar en el pórtico a mi caballo. Desenvainé la espada y grité, a los muros y a mi conciencia, que no iría por propia voluntad hacia mi extinción; que jamás galoparía, tan ciega y neciamente, en pos de mi propia agonía. Que nunca sería un dócil y apagado habitante del polvo, tan ansioso y presto a devorarme.

Estaba solo, pero con la respiración tan agitada, y tan sudoroso y exaltado, como si en verdad hubiera librado una dura batalla. Pensé que tal vez amanecía; que yo estaba encerrado entre los muros de una capilla solitaria, con una espada entre las manos, frente a unos cirios ya casi consumidos. Pero no había alucinación alguna; ya no había sueños, ni vanas visiones, para mí. Se aplacó mi furia, o mi terror –pues tan confundidos estaban que ya no lograba separarlos–. Y revestido de una calma tan suave como la brisa del campo, fui hacia la puerta de hierro, descorrí sus cerrojos y salí de allí.

Avancé, en el húmedo resplandor de la noche, dejé atrás la empalizada, atravesé la muralla, y no me detuve hasta alcanzar la orilla del Gran Río.

De aquellos tres abedules que un día me parecieron la sombra de alguna tristeza, surgieron los tres jinetes negros que tan bien conocía. En estrecha tenaza, me rodearon, para luego cerrarse y caer sobre mí. Oí tres gritos, y me atravesaron tres nombres hermanos; batieron sobre mí los cascos de sus monturas, derribándome. Como una vez (hacía tanto tiempo) hiciera un ultrajado amor con un muchacho de cabello rojo-fuego, galoparon en círculo, en torno a mi cuerpo caído. Sentí las puntas de tres lanzas, atravesándome una y mil veces, entre la amarilla polvareda que levantaban las pezuñas de sus caballos. Oí crujir mis huesos bajo sus golpes, sus lanzadas y sus cascos; y vi fluir mi sangre, como una delgada fuente, en dirección al río.

Un gran silencio sucedió al galope de sus caballos alejándose.

Entonces oí los gritos de los primeros tordos, el suave rastrear de la culebra en las ortigas; varias salamandras me contemplaban, con sus ojos de oro: ínfimos dragones, desprovistos de todo poderío. De alguna forma, me vi inclinado sobre el agua, que se tiñó de rojo. En el centro de aquella sangre vi, flotando, mi cabeza degollada. (Pero no era mi cabeza, sino otra, que mucho se parecía a la de mi padre.)

Después, tropezaron mis manos con el pomo de mi espada, y acto seguido la oí, golpeando contra los escalones de la torre vigía. Porque, si bien mi cuerpo habíase liberado de todo peso, ella arrastraba de mi cinto, y chocaba y rebotaba en todos los peldaños.

El vigía había muerto, o huido, aunque no podía precisar cuándo: si desapareció para siempre del torreón de mi padre, la noche en que partí con él mi caza; o en un tiempo en que solía otear hacia la lejanía, doblado su cuerpo sobre las almenas; o acaso, mucho después, una vez todas estas cosas ya se habían cumplido. En todo caso, allí no estaba, ahora, pues al hombre cuyo cadáver yacía junto a la cornamusa, no lo conocía yo, ni le había visto nunca. Allá abajo, junto al Gran Río, tres abedules se movían dulcemente, en una tierra tan olvidada como la imagen de un joven recién investido caballero, o un escudero que escanciaba vino en la copa de su señor.

La hierba de la pradera –y de todas las praderas del mundo– se balanceaba, como un mar atrapado en un intento de huida. Contemplé las lágrimas de todas las madrugadas de la tierra; y vi al dragón, y su lomo erizado de lanzas y guerreros (aquellos que venían de Septentrión); lanzaban un grito largo, que yo reconocía: un grito que no movía las hojas, ni los cabellos, ni las ropas de las gentes; al igual que otro viento, que ya nada podía contra mí. Los guerreros arrojaron al aire sus lanzas, que se perdieron, en oscura bandada, hacia las nubes. Luego, el dragón zozobró, y, al fin, se hundió definitivamente en el vasto firmamento. De forma que pude contemplar a mi pasado, a mi vieja naturaleza, a mis antiguos dioses, sueños y terrores, tragados en el olvido.

De las tierras altas, de los bosques, surgieron los jinetes blancos y los jinetes negros. Y de las murallas del castillo de Mohl fueron a su encuentro jinetes blancos y negros. Entonces vi al Señor de los Enemigos; tan arrogante, y gallardo, y valiente, que un último grito de violencia se levantó en mi ánimo. Me enorgullecí de su furia, admiré su valor y su crueldad, me devolvió la imagen de mi infancia, tendido en la pradera, nublados los ojos de placer ante el sueño de la guerra y de la sangre. Pero la espada negra se alzó de mis propias manos, y segó, para siempre, el orgullo, la crueldad, el valor y la gloria. «El Mal ha muerto», me dije.

Entonces, distinguí sobre la hierba a mi señor, el Barón Mohl. Estaba muy distante y, sin embargo, la profunda sombra de sus ojos buscaba –y encontraba– los míos. Le vi derribado de su caballo Hal, herido. La sangre fluía mansamente de su boca, y en aquella roja y débil fuente percibí claramente su llamada, el reclamo de una prometida lanzada. Hal le había abandonado; vi su desenfrenada carrera hacia los negros caballos, en dirección a alguna selva, o alguna calcinada planicie. Yo había dado promesa de atravesar su cuerpo, el día en que me pidiera lo imposible, pero mi promesa se había perdido en una tierra y en un tiempo inalcanzables. Entonces, la piedad regresó a mí, y, tal vez, el amor. Pero alcé la espada, y el amor, y la piedad, quedaron segados para siempre. Y me dije: «El Bien ha muerto».

Miles de flechas taladraban mi cuerpo, pero no podía, ya, sentir dolor alguno. Y grité, espada en alto, que estaba dispuesto a partir en dos el mundo: el mundo negro y el mundo blanco;

puesto que ni el Bien ni el Mal han satisfecho, que yo sepa, a hombre alguno.

El alba trepaba por la piedras de la torre; mostraba antiguas y nuevas huellas de todas las guerras y todos los vientos. En algún lugar persistía el enfurecido piafar de negros y blancos animales: agrediéndose, aún, tras la muerte de los hombres.

Pero yo alcé mi espada cuanto pude, decidido a abrir un camino a través de un tiempo en que

Un tiempo

Tiempo

A veces se me oye, durante las vendimias. Y algunas tardes, cuando llueve.

ÍNDICE